今天如何读经典

刘　勇　李春雨◎主编

边城赤子

今天如何读沈从文

张　悦　庄　敏　著

中国人民大学出版社
·北京·

"不合时宜"的"乡下人"

　　对于今天的读者来说，沈从文并不是一个陌生的名字。他的《边城》、翠翠、茶峒、湘西、凤凰……构成了几代人对田园牧歌与人性之美的最初想象。但是，在现代文学的发展历程中，沈从文从来都不是耀眼的。他不断强调自己是一个乡下人，他的作品也很少写大事件、大波澜、大冲突，写的往往是湘西底层的一些小人物。他也不是潮流的。当大多数作家倡导现代文明，投身革命洪流时，他却一次次把目光投向偏远的"边城"，书写遥远边地的人与事。也因为这样，他常常用"落伍"这个词进行自嘲。就是这样一个"不合时宜"的"乡下人"，始终在用他的方式理解和书写着现代中国的命运，为我们创造了一个神秘的湘西世界。然而，对于这样一个作家，很多人的印象还停留在《边城》或者是他与张兆和的爱情故事上。对于沈从文，我们谈论得还远远不够。

　　"我是一个乡下人"，这是沈从文常挂在嘴上的一句话。但如果我们考察一下沈从文的生平和人生轨迹，就会发现其实沈从文自从离开湘西后就不断地辗转于多个城市，之后更是慢慢加入了北京知识分子群体，成为京派的重要代表。就算从出身来看，沈从文的家族在湘西本土也是一个军人世家。那为什么他总称自己是一个"乡下人"呢？我们不能从常规的意义上去理解沈从文的这句话。"乡下人"不仅是沈从文最初来到城市时的身份体验，更是他理解现代中国的角度和立场。1924年夏天，当沈从文满怀对新世界的憧憬来到北京时，他却遭到了意想不到的冷遇：几次参加入学考试，都以落榜告终，这让他备受打击；经济上的穷困更是让他付不起房租，这些困境让沈从文经受了不少"城里人"投去的鄙夷与轻慢。从那时候开始，自卑又敏感的沈从文就深深意识到了自己与其他人的区别，这也催生了他在创作上的一个特点："与自然景物易亲近，却拙于人与人之间的适应。"[①] 这种性格上的矛盾，造就了沈从文走入文学世界的初始形象。为了在城市里站住脚，沈从文曾经为了稿费写作写到流鼻血。后来虽然经济状况得到改善，但在沈从文的内心里，始终存在着与城市的隔膜，他需要

---

　　① 沈从文.一个人的自白//沈从文全集：第27卷.太原：北岳文艺出版社，2002：8.

寻找到与城市价值和标准相抗衡的另一套精神支柱，以支持他毫无怯意地走进城市。因此，他以"乡下人"自寓，既是在情感层面对乡村的认同，也是对都市人生、知识阶级有意的疏离与批判。

然而，这种姿态与他身处的时代、社会却构成了一种错位的关系。沈从文曾经创作过一篇名为《落伍》的小说，在这篇小说里，一个与时代"落伍"的年轻人"对了屋顶作着空空洞洞的希望"[1]，事实上这也是沈从文自己的精神写照。在他写作的年代，国家破碎、民族蒙难，新文学作为社会启蒙的一个重要部分，被赋予了特殊的使命与责任。文学与社会潮流紧紧结合在一起，发挥着重要的作用。因此，我们有了鲁迅的《彷徨》《呐喊》，有了茅盾的《子夜》，有了巴金的《家》《春》《秋》。而沈从文的作品似乎与当时的时代没有太紧密的关系。在暴风骤雨般的时代动荡面前，沈从文的作品不是匕首和投枪，他也不是战士。他执着于写下层社会的人的日常人生，作品里没有特别的坏人，也没有传统意义上的好人，故事按照生活本身的样子静静地流淌着。而人生本身的虚幻无常又赋予这些故事一些说不清道不明的悲怆感，就像《边城》最后写的那样——"这个人也许永远不回来了，也许'明天'

---

[1] 沈从文. 落伍//沈从文全集：第6卷. 太原：北岳文艺出版社，2002：387.

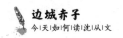

回来"①。

那么，对于沈从文这样一位作家，我们应该怎么解读呢？

一方面，我们要把沈从文的"人"和"文"结合起来读。沈从文创作力最旺盛的阶段，是20世纪的二三十年代，那时候的沈从文刚从湘西来到都市，虽然遭受了屈辱和白眼，但这也间接地刺激了他对现代文明、对人性的思考。《萧萧》《丈夫》《三三》《边城》等一系列的经典作品就是在这一过程中诞生的，此时的沈从文身心都沉浸在对某种人生远景的感觉之中。但是，即便是这座供奉美好人性的希腊小庙也不能完全躲开时代的冲击，30年代后期到40年代，时代的动荡与人生经历的变故，让沈从文意识到他心中的那个湘西世界在"新"生活面前正在慢慢变化，此时他的笔触开始转变，由对理想湘西的描写转向对现实湘西的描写；原本单纯淳朴的军人、水手、农人，也在现代文明的侵蚀下日渐颓坏。他的《湘行散记》《长河》《湘西》开始摆脱前期朦胧的情绪性的渲染，或是用一种实录的方式去记述湘西的风土沿革，或是用批判的意识去看待现代文明对湘西本土的冲击与改变。在《长河》中，沈从文已经明显不再像在《边城》中那样追求一种混沌的审美，而是切实地关注着这片土地上的人事冲突和命运起伏；在喧哗的世事

① 沈从文.边城//沈从文全集：第8卷.太原：北岳文艺出版社，2002：152.

之外，他在寻求一种更深层次的平静。

另一方面，我们要把"湘西世界"作为一个整体来读。很多伟大的作家都有这样一个特点：他们的作品虽然单独成篇，但是整体来看，又构成了一个活的立体世界。比如巴尔扎克塑造的"人间喜剧"、鲁迅笔下的"鲁镇小说"、老舍的"北平世相"、莫言的"高密东北乡"，作家用自己的生命体验把自己的作品串起来，让生命在其中流动。沈从文也是如此，从《边城》到《长河》，再到《看虹录》，这些文本构成了沈从文富饶的湘西世界。在沈从文的湘西世界里，一些人物的设置是非常相似的，比如说《萧萧》里的萧萧和《边城》里的翠翠，她们都如小鹿般天真稚气、淳朴善良。翠翠对人生世事的朦胧认知、对爱情的混沌感受，都与萧萧具有较多的相似性。但是，她们又是不一样的：翠翠在自然中长大，无忧无虑，她象征着一种纯净的、自然属性的人性之美；而萧萧从小没有父母，成了一个童养媳，她被束缚在旧中国农村童养媳制度下，但却生活得很快乐，即便后来犯了需要被沉潭的错误，最后也在乡民们的宽容中不了了之。从这一点来说，翠翠和萧萧的命运差异可以说是沈从文对人性在自然属性和社会属性下的不同思考，翠翠和萧萧融合起来就是一个兼具自然属性和社会属性的完整的人。沈从文不同文本中的不同形象相互说明、相互依存。因此，我们在阅读沈从文作

品的时候，应该以一种整体性的视野和眼光去关注不同作品之间的互文性和流动性，最大限度地打开沈从文神秘的湘西世界。

本书跟随沈从文的人生记忆，呈现了一个在大时代变迁下，挣扎于传统与现代之间的乡土中国。在这里，每个"乡下人"的命运都是一部作品：纯良的人性、文明的冲突、乡情的伦理、生命的无常。沈从文用他的笔，探索创造出了一个多维的、丰饶的湘西世界。作为读者的我们，如果能够超越时空的界限，从激荡的时代中看到属于沈从文的一束柔光，触摸一个个温情的故事，体悟平凡又真诚的人性力量，也许便是今天再阅读沈从文的重要意义吧！

目　录

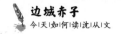

第一章
汤汤流水：「从文」旧事

导读

正所谓一方水土养一方人，生于湘西凤凰小城的沈从文身上始终流淌着乡下人的血液。无论他跨过多少地方的桥、走过多远的路，他都一直保留着乡下人质朴简单的气质。沈从文生在湘西，亦长在湘西，无论离开多久，都不会忘记湘西对他的滋养。

在20世纪的中国文坛上，沈从文是一个与众不同的存在。他的存在，不仅为中国文学界带来了一阵清新之风，也为世界文坛增添了一抹美妙的色彩。他的人生经历充满了浓郁的传奇色彩：儿童时期在湘西的水乡世界中游玩，少年时期在氤氲着潮湿水汽的辰河边上徘徊，青年时期孤身一人远上北京求学。沈从文的"从文"之旅承载了少年人的心志与乡下人的卑微。

　　无论岁月如何流转，那些年少时的过往，始终深深印刻在沈从文的脑海之中，挥之不去。他忘不了年少时父亲对他的严格要求与期许。他忘不了母亲对他的谆谆教诲，家人们陪伴他一路成长。他忘不了逃学途中的种种乐事。他忘不了私塾学习的无聊与无趣、学习生活的有苦有乐。他忘不了从军时的艰辛与无奈。他忘不了湘西的水与雨。他总要一个人慢慢长大。对于沈从文而言，他的童年生活时而忧虑、时而怅惘，但更多的时候充满了无尽的乐趣。多少年后，他重新唤醒他的童年旧事，从过往的记忆碎片中打捞起湘西异域的风光与人情。他把这份独有的记忆提纯再加工，筛掉那些落后、鄙俗的，只留下一片纯净与一派天真，哼唱着一首首湘西牧歌。

一路行走，一路成长，沈从文以其独特的人生体验和别样的"水"性人情，写下了一首首梦幻的乡村颂歌。

关不住的少年心志

1902年12月28日，沈从文出生在一个偏僻的小城——湘西镇筸，此时的镇筸又被称为凤凰，直到1913年才专称凤凰。湘西凤凰县，隶属于湖南省湘西土家族苗族自治州，史书《后汉书》中记载此地是"五溪蛮"居住的地方，即少数民族居住地；在19世纪之前，人们一直称这里为蛮荒之地；直到今日，凤凰县仍是苗族、土家族和汉族混合居住的地方，弥漫着神秘的民族风情。16岁离开家乡之前，沈从文一直居住在这个传统且神秘的凤凰小城中，度过了一段自由且洒脱的童年生活。当然，这时候的沈从文唤作沈岳焕，乳名茂林。直到长大后，当他有了独立的个人意识与理想追求时，他才弃武从文，更名为"从文"。不过，这都是后话了。

沈家在当地称得上是世族大家。沈从文的祖父沈宏富，骁勇善战，官运亨通，在太平天国运动时期得到了清廷的任用，从边区小民一跃成为显贵将军，也为沈家的后人留下了一份荣光和一份产业，成全了沈家在当地优越的地位。遗憾的是，祖父在壮年时早早去世，膝下无子，祖母只好做主过继了祖父弟弟沈宏芳的次子，也就是沈从文的父亲沈宗嗣。沈宗嗣作为将门之子，追慕父亲沈宏富生前身后的成就，立志要从军为将，成为一名像父亲那样的顶天立地的将军，为沈家再创下一片基业。但无奈天不遂人愿，沈父的愿望终究只能停留在梦境中了。在清廷统治风雨飘摇之际，沈宗嗣参军入伍，担任天津总兵罗荣光手下的一名裨将，在天津大沽炮台镇守护卫。1900年，八国联军入侵中华，以镇压义和团之名行瓜分和掠夺大清国之实，烧杀掳掠，无恶不作，所到之处，莫不成灾，大沽炮台也未能幸免，主帅罗荣光殉职。在此次战役中，沈父虽然侥幸保全了性命，但其将军梦也彻底破灭了，只能孤身返家，将这份梦想寄托在他的儿子们，也就是沈从文及其兄弟们的身上。这份厚重的期待，一度让沈从文备感困扰。

沈从文的母亲黄素英是出身于书香门第的大家闺秀，从小跟随哥哥黄镜铭在军营生活多年，见多识广，知书达理，会照相，懂医术，称得上是当地数一数二的能女子。沈母是沈从文的第一位启蒙老师。沈从文4岁时，沈母便开始教沈从文读书识字。5岁时，因为弟弟沈岳荃出生，沈母的精力有限，沈从文才只好跟着两个姐姐去女先生家上学。后来，沈从文在《从文自传》中回忆母亲，感念母恩。沈母不仅教导幼年的沈从文读书识字，对他人格的形成和气度的培养也有着不可忽视的影响。

【经典品读】

《从文自传》中关于沈从文母亲的段落

我的母亲姓黄，年纪极小时就随同我一个舅父在军营中生活，所见事情很多，所读的书也似乎较爸爸读的稍多。我等兄弟姊妹的初步教育，便全是这个瘦小，机警，富于胆气与常识的母亲担负的。我的教育得于母亲的不少，她告我认字，告我认识药名，告我决断；做男子极不可少的决断。我的气度得于父亲影响的较少，得于妈妈的也较多。

在沈从文的童年时期，沈家家境尚可，凭借祖父挣下的一份基业，在当地算得上是小康之家。因此，沈家的孩子，不论男女，都会被送到私塾去接受教育。因着此前母亲的教导与启蒙，沈从文在6岁正式进入私塾学习的时候，已经有了较为不错的认字基础。又加上沈从文天生记忆力比较好，他记诵经典很快；比起其他苦学的孩子，他在私塾的日子也显得更轻松一些。20世纪的旧式私塾难免有一些陈旧落后的潜规则，即便沈从文的学业成绩不差，也难逃惩戒，凡是私塾中给予小孩子的虐待，他也未尝幸免，难逃一劫，常常因一些小事被罚站、打手板等。在私塾里，学生们的作息有着严格的规定，且每日固定不变，除了读书、背书，便是认字、写字，而且所有的学习内容不外乎是《幼学琼林》《孟子》《论语》等传统典籍，没有一点儿趣味。刻板的学习任务、枯燥的学习内容让年幼且调皮好动的沈从文简直难以忍受，特别是那些古板苛刻的私塾教师们最让他不满。直到多年后，沈从文回忆私塾往事时，仍旧心怀怨怼，"十分厌恶老教师教学方法的陈腐，和头脑的顽固"①。

沈从文小时候极为聪慧，从不用心念书，却能一字不漏地背诵全文，顺利完成私塾先生布置的学习任务。因此，年幼的沈从文认为上学实在太简单了，每日在私塾里除了认字便是背书，根本不值得他耗费太多的时间。于是，他渴望能从刻板的私塾教育中逃离出去，奔向更为广阔的世界中。对于生活，对于社会，乃至对于人生，沈从文有着无尽的疑问与思考，但这些问题并不能在私塾中找到答案，于是他选择逃学，去课堂之外的地方，到处去看，到处去听，去听风看雨，去嗅闻大自然的气息，这些无一不充满了趣味。

关于逃学这件事，沈从文从张姓表哥那里汲取了充足的

---

① 沈从文.我生长的地方∥沈从文全集：第27卷.太原：北岳文艺出版社，2002：406.

作战经验。张姓表哥比沈从文年长几岁，在逃学和撒谎方面是一把老手。表哥手把手教沈从文如何撒谎，告诉沈从文逃学要准备两套不同的谎言，一套谎言用来对付私塾，另一套则拿来瞒过家人，以此来躲避来自两方的惩罚。他带着沈从文逃学去自家的橘柚园玩，到附近的山上、水边玩耍。后来，当沈从文有了独立作战经验时，他便一发不可收拾，一再说谎，屡屡逃学。沈从文在逃学的过程中学到了很多。在私塾里，沈从文通过阅读一本小书，学习基础的文化知识；而逃学，则让沈从文学到了课本之外的东西，在教室外阅读一本关于自然和社会的“大书”。他逃到自然与社会中，获得了生活的智慧，并养成了个人独特的性格特点，他“不安于当前事务，却倾心于现世光色，对于一切成例与观念皆十分怀疑，却常常为人生远景而凝眸”[1]。

沈从文对大千世界的万事万物充满了无限的好奇，他细致入微地观察着周围的一切。天气好时，他与伙伴们到城上山里去玩；天气不好时，则一个人走很远，到城外的庙里去，看庙里的人下棋、打拳乃至吵架，总之一切都是可以观看的、可以倾听的。直到看无可看、听无可听时，沈从文才恋恋不舍地回家。

---

[1] 沈从文.我读一本小书同时又读一本大书//沈从文全集：第13卷.太原：北岳文艺出版社，2002：253.

然而，一旦逃学被家中或学校任何一方发现，沈从文便免不了挨两次打，打完还要罚跪，但他并没有因此放弃逃学。屡教不改的沈从文使得家人们十分生气，最严重的一次，沈父警告沈从文，如果再逃学，就砍去他的一根手指。但年幼的沈从文着实个性十足，并不为之恐惧，只要有机会，仍旧逃学。对于沈从文而言，罚跪所带来的痛苦远不及逃学所带来的乐趣。在罚跪时，他的身体虽然被限制在四角之内，但其思想与灵魂却飘到了外面的世界里，神游于四海八荒。他在脑海中想象种种有趣动人的事情。他想河中的鳜鱼被钓起的情景，想风筝飞满天空的景象，想空中歌唱的黄鹂，想树上的累累果实。沈从文在想象中获得愉悦的感受，以此来排解罚跪带来的痛苦。多年之后，当沈从文回过头来回忆这段往事时，他并未感到冤屈，反而要感谢罚跪的经历，让他在幼时就开发锻炼了丰富的想象力，为日后的写作提供了丰沛的写作素材和奇妙的想象能力。

逃学的事情，让沈从文的家人误以为这家私塾管教不严，便又另换了一家。新换的私塾离家更远一些，这反倒省去了沈从文为绕道上学而编造托词的功夫，让他有了足够的时间可以在路上闲逛。每天上学时，沈从文照例提个装了几本破书的竹篮，一出门就脱下鞋子，赤脚走在前往新私塾的路上。在这条长长的路上，沈从文大开眼界，见识了许多充满趣味的地方和新奇的景色，比如：针铺门前总有一个戴着巨大眼镜的老人在低头磨针；从伞铺的敞开的大门往里看，里面有十几个学徒一起工作；天气热时，皮靴店门前的大胖子皮匠便脱了衣服，腆着大而黑的肚皮用夹板绱鞋；染坊里，强壮有力的苗人们在凹形石碾上或左或右地踩踏；卖明器的铺子里每天更新着祭祀产品，比如黑白无常鬼、轿子、金童玉女等，有时还会大操大办一场阴间婚事，好不有趣。一路上，沈从文一边观看湘西世界的风俗人情，一边明白了许多人事与人情。

即便上下学的时候可以见识到很多新奇的事物，沈从文也并不满足，逃学对于他来说仍是家常便饭，他时时刻刻都有着逃学的冲动。特别是在落了些小雨的四月，山地里、田塍上到处都是蟋蟀的声音，这让沈从文坐立不安，想方设法地从学校里逃出来，逃到外面的大千世界中，到山里去捉蟋蟀，感受律动的自然之美。每当捉到蟋蟀，沈从文便兴奋地同刻花板的老木匠比试一场，不过每每都输掉了新捉到的蟋蟀。在雨后的山里玩耍了一天，他回到家里常常是一身泥泞，自然免不了一顿惩罚。但这些惩罚并不能使沈从文退却，第二日照例又逃学去玩了，去偷果园里的李子枇杷。

辛亥革命结束后，沈从文进入新式小学学习，不必再诵读经书，也不会再随便挨打，学习生活变得自由起来。在学校里，沈从文跟着同学们去爬树、采药、钓鱼等，学会了很多新技能，这比在校内课堂上学会的多得多，但终归还是在学校附近，活动范围是狭小的，可听可看的事物是有限的。玩腻了学校周围的游戏后，沈从文逃学的念头就又冒出头来。新学校里有四位教员，其中两位恰好是沈从文的表哥，这让沈从文有了自由地出入校的机会，他想去什么地方，便去找教员表哥请假。因此，他常常正大光明地"逃学"去看戏、钓鱼乃至跑到田坪里看别人割禾，去佃户家看他们打猎。

除却自然界的景色或传统的人事活动，沈从文也以一双纯洁简单的少年之眼观看着这世间的丑陋与冷漠。从辛亥革命到五四时期，封建统治余威犹存，新兴力量虎视眈眈，军阀割据混战，杀人决斗比比皆是。在上学的路上，沈从文常能看见戴着镣铐的人，也能看见前一天夜里刚被杀的人还未来得及收殓的尸体，还有野狗抢食人肉的疯狂景象。在这种野蛮的地方风气中，为了能够各处自由地游荡，必须得强悍一些，即便是小孩子也不例外，甚至有一些野孩子身上时刻带着一把小刀或削尖的竹子。置身其中的沈从文，身上亦有一份决斗的勇气与野性，不愿吃亏，不怕决斗。

关于逃学一事，沈从文从未后悔。他坚定地认为人可以"不必看这本用文字写成的小书，却应当去读那本用人事写成的大书"[①]，"各处走去，看我所能看到的一切社会生活，和小

----

① 沈从文.我上许多课仍然不放下那一本大书//沈从文全集：第13卷.太原：北岳文艺出版社，2002：282.

市民进行生产时的过程，觉得远比那些孔孟作品有益"[1]。沈从文在读好一本小书的同时，也读着一本"大书"。小书教会了他知识，"大书"则予他以阅历。这本关于自然、社会与人生的"大书"，不但极大地拓宽了沈从文的视野，让他学到了诸多课本上无法言明的事情，看到了一个更为宽广的世界，而且培养了沈从文的探索能力，他在没有边界的外部世界中无止境、不止息地追寻着，不满足地汲取着人生的智慧。

① 沈从文.我生长的地方 // 沈从文全集：第27卷.太原：北岳文艺出版社，2002：406.

乡下人的敏感与自卑

民国六年（1917年），沈从文升入高小。地方上受蔡锷讨伐袁世凯战事的刺激，提出要改革军队，小小的一个凤凰县里一下子多了四所军事学校。在这里，当兵是十分光荣的，人人都渴望在军队中获得一份荣誉，年轻人参军几乎成了一个传统；当兵更是一条养家糊口的途径，甚至几乎是当时年轻人出人头地的唯一出路。沈从文的母亲听说到军事学校里，不仅有机会考一分口粮，而且规矩严格，好歹能收一收沈从文的野性子，便立刻同意让他去预备兵技术班。

所谓"预备兵技术班"就是士兵的候补，当兵营里的守兵有了空缺时，技术班便组织一场考试，考取的学生才能进入军营当士兵。沈从文一共参与了三次选拔考试，但次次落败。他甚至还没来得及参加第四次考试，持续了八个月的预备兵训练就中途解散了。也是在这一年，沈家为了偿还父亲沈宗嗣的欠债，卖掉了大部分不动产，家境日益衰落。雪上加霜的是，这一年，比沈从文大两岁的二姐也香消玉殒了。在这种极为艰难的境遇下，沈从文的母亲认为与其让他在家中堕入下流，不如让他到更广阔的世界中学习生存，去社会中磨炼一番，在生活中习得经验与教训。1918年8月21日，即农历七月十五的晚上，沈从文到河边烧纸钱祭奠了河鬼，第二天一早便背着小小的包袱离开了凤凰小城，参加湘西靖国联军第二军游击第一支队。此时的沈从文只有16岁，尚不懂得感伤的阴郁情感，对于自由的未来充满了渴望，雀跃着走向了更为宽广的世界。

沈从文和同船的补充兵一起从凤凰前往辰州（今怀化沅陵）。这是沈从文第一次出门远行，所见所闻皆是新鲜景色，令人难以忘怀。在途经泸溪县时，沈从文与同伴进城闲逛，就遇到了《边城》中翠翠的原型之一，"弄渡船的外孙女，明慧温柔的品性，就从那绒线铺小女孩脱胎而来"[1]。在沈从文的从军生涯中，他多次换地驻扎，从辰州到沅州（今怀化芷江），到常德，从保靖到龙潭，又回到保靖。自1918年至1923年，在长达六年的从军生涯中，沈从文进入了更加广阔的世界，视野也得到了极大的拓展。在这里，他认识到读书的重要性，渴望在书中探寻浩瀚无垠世界的一角。也是在这时候，沈从文为自己改名为"从文"，在动荡年代中弃武从文，认定"文"为一生追寻的方向。同样是在这里，在这个远比凤凰县大了许多的

---

[1] 沈从文.老伴//沈从文全集：第11卷.太原：北岳文艺出版社，2002：293.

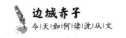

地方，他作为乡下人自卑又敏感的性情得以显现。

在沅州期间，在时任警察所所长的五娘舅黄巨川的帮助下，沈从文在警察所里做办事员，每日抄写违警处罚的条子、填写税单，其他时间则跟着五娘舅和其他亲戚，听他们论谈，看他们作诗，并学习小楷字为他们抄诗。在他们的带领下，沈从文长进了很多，并逐渐进入了当地的绅士圈子中。后来，沈从文的母亲卖掉了家中房屋，带着他的妹妹，来到了沅州投奔沈从文。这番大动作，难免引起沅州当地人的注意，多方打听下，他们才知道沈家在凤凰县也曾是一代望族，因此对待沈家人也更加亲切起来。沈从文的七姨父熊捷三也十分看重沈从文，甚至有意把自己的女儿许配给沈从文。但那时候的沈从文初尝初恋的滋味，自然是不肯。

沈从文爱上了当地的一个女孩子。沉浸在爱情中的沈从文不可自拔，一心讨女孩的欢心，全然不听母亲和周围人的劝告。他夜以继日地为这个女孩写旧诗，还借钱给女孩的弟弟，只为托他把情诗带给姐姐。突然有一天，沈从文发现这对姐弟消失不见了，才知道自己上当受骗了。而此时，心地淳朴的沈从文已经借出去有一千块钱了，这在当时并不是一个小数目，更何况对于当时已然家境没落的沈家而言。母亲当初投奔沈从文时，把卖屋的三千块钱全都交给他保管，但因为他的天真与简单，三分之一的家财打了水漂。这次人财两空的失败经历，让沈从文大为懊恼，作为"乡下人"的自卑感汹涌而来。后来，他在《从文自传》中的《女难》一文中回忆书写了这段往事，认为自己"乡下人的气质"是让他"到任何处总免不了吃亏"[①]的原因，并在之后的岁月里一再强调自己作为"乡下人"的身份。

受到五四思潮的影响，沈从文崇拜新人物，为他们的文字和精神所鼓舞，不断革新自己的思想观念。他意识到学习知识便是累积智慧，而知识与智慧远比权力更为重要。他想出去看看，看看这个边地小城外边的更大的世界，开阔自己的视野，获得新的认识，这样的日子总是比乡下一成不变的日子更有意思些。于是，沈从文准备去北京读书，去新的地方新的学校里学习新的知识，去见识一下令人耳目一新的新世界，在更为广阔的天地里大展拳脚。

1923年的夏天，沈从文独自一人提着简单的行李卷，口袋里装着从军需处领的三个月的薪水二十七块钱和家里给的二十块钱，由保靖出发，经过汉口，到达郑州，又转至徐州，途经天津，历时十九

青年沈从文

① 沈从文.女难//沈从文全集：第13卷.太原：北岳文艺出版社，
2002：326.

天，一路辗转才终于抵达北京，进入一所永远不会毕业的"学校"，去阅读人生这永远学不完的"大书"。那个时候，从家乡来到北京的青年，一般都会先在客栈落脚，然后再寄居在家乡的会馆里，如鲁迅先生当年初到北京住的就是绍兴会馆。沈从文也是如此，他住进了由湖南人创办的酉西会馆中。但不同于鲁迅先生当年是随公职调遣进入北京，一心求学的沈从文缺乏一份稳定的工作和固定的收入，只能勉强维持温饱。好在酉西会馆的一位管事是沈从文的亲戚，让他可以不用担心房租的问题。

"读书"是沈从文来到北京的主要目标，也是他的执念。在军队中摸爬滚打了六年的沈从文无比渴望成为一名学生，渴望通过读书来改变自身的境遇，来扭转自己作为乡下人的命运。当时，报考公立大学如北京大学等高校是有学历要求的，小学都没毕业的沈从文甚至连报考资格都没有。沈从文不想放弃上学的机会，便交了两块钱报名费，去报考由美国教会出资创立的燕京大学国文班。但没接受过新式教育的沈从文既不会用标点符号，也不懂英文，甚至连26个英文字母也不会念，在考试时一问三不知，不出意外地考取了零分。后来，沈从文倒是阴差阳错地考上了中法大学，但又因为付不起28块钱的膳宿费而不得不放弃。因为贫穷，沈从文对收费颇高的清华大学的留学预备班也只能望而却步。贫穷对于那时候的沈从文来说，真是一头巨大的拦路虎。

天无绝人之路，时任北京大学校长的蔡元培先生鼓励兼容并包的学术自由，允许任何人到北大课堂上旁听。沈从文深感幸运，紧紧抓住了这个机会。在表弟黄村生的帮助下，他搬到北京大学旁边的庆华公寓中，住进了由贮煤间改造的狭小客房，并将此间戏称为"窄而霉小斋"。在这间湿霉霉的小房间里，沈从文生活得十分寒酸困顿，寒冬时用不起火炉，只能生生挨过零下12度的天气，甚至连果腹都成了难事，时常两三天吃不上东西，饥肠辘辘。虽然日子艰苦，但在北京大学旁听的日子里，沈从文收获颇丰。他不仅汲取了知识，更为重要的是结识了很多志同道合的朋友，如刘梦苇、黎锦明、冯至、陈翔鹤等新文化人，为他之后在中国文坛的发展提供了诸多助力。

为了解决生活的温饱问题，沈从文必须找一份工作，但屡屡失败。他尝试过做图书馆管理员、摄影师、卖报员等工作，无一例外，都因为种种原因失败了。很久以后，沈从文在吉首大学演讲时笑言，那段艰难的日子里不光不能卖报纸，甚至"连讨饭也不行，北京讨饭规定很严，一个街道是一个街道的，一点不能'造反'！"[1] 走投无路的沈从文四处托关系，在朋友的帮助下才勉强找到了工作，将将解决了温饱问题。对

---

[1] 沈从文.在湖南吉首大学的讲演：一九八二年五月二十七日//沈从文全集：第12卷.太原：北岳文艺出版社，2002：394.

此，郁达夫曾说："要是没有介绍，沈从文不但当不上校对、图书馆员、家庭教师、护士，甚至打铃、跑腿的听差也混不上一个。"①

郁达夫写给沈从文的信中的一段

我说了这半天，不过想把你的求学读书，大学毕业的迷梦打破而已。现在为你计，最上的上策，是去找一点事情干干。然而土匪你是当不了的，洋车你也拉不了的，报馆的校对，图书馆的拿书者，家庭教师，男看护，门房，旅馆火车菜馆的伙计，因为没有人可以介绍，你也是当不了的——我当然是没有能力替你介绍——所以最上的上策，于你是不成功的了。其次你就去革命去罢，去制造炸弹去罢！但是革命不是同割枯草一样，用了你那裁纸的小刀，就可以革得成的呢？炸弹是不是可以用了你头发上的灰垢和半年不换的袜底里的污泥来调合的呢？这些事情，你去问上帝去罢！我也不知道。

在偌大的北京城中，渺小的沈从文深深意识到生活的艰辛和人生的不易，也意识到一个孤陋寡闻的"乡下人"来到人生

---

① 李伶伶.沈从文地图.南京：江苏凤凰文艺出版社，2016：74.

地不熟的城市里会体会多少的心酸与苦楚。于是，他开始将这份难言的苦闷付诸写作，也希望能通过写作赚取稿费以改善自己的处境。万事开头难，初尝写作的沈从文四处投稿，却也四处碰壁。对于初学者来说，失败是在所难免的，但最令沈从文感到屈辱的是《晨报副刊》的主编孙伏园曾经当众嘲笑沈从文的作品，开玩笑说："这是某某大作家的作品！"说完就随手把稿子揉成一团扔到废纸篓里。多年后，沈从文对此仍然耿耿于怀，不能释然。

1924年12月，因《晨报副刊》的人事变动，沈从文的处女作《一封未曾付邮的信》才得以有机会发表出来。文中，主人公"从文"在穷困潦倒走投无路之际，提笔给A先生写信，这也是他在绝望中的最后一次挣扎，但最终却因为付不起发信的钱，只能让这封求助信躺在纸篓里。信中所写的"并不读过什么书""无家可归""想法去觅相当的工作……可是，总是失望"[1]，无一不浸透着沈从文的真实经历，字字句句皆是血泪。现实中，沈从文也曾给一位名人写过信，但比起小说中的从文，他幸运许多。

---

[1] 沈从文.一封未曾付邮的信//沈从文全集：第11卷.太原：北岳文艺出版社，2002：4.

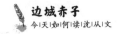

【经典品读】

《一封未曾付邮的信》中写给A先生的信的片段

A先生：

先生，在你看我信以前，我先在这里向你道歉，请原谅我！

一个人，无平白故，向别一个陌生人写出许多无味的话语，妨碍了别人正当事情；在有个时候，还得给人以心上的不愉快，我知道，这是一桩很不对的行为。不过，我为求生，除了这个似乎已无第二个途径了！所以我不怕别人讨嫌依然写了这信。

先生对这事，若是懒于去理会，我觉得并不什么要紧！我希望能够像在夏天大雨中见到一个大水泡为第二个雨点破灭了一般不措意。

1924年11月13日，天降大雪。零下十多度的天气里，没有火炉取暖的沈从文正用棉被裹着腿在写作。突然，一位不速之客敲响了沈从文"窄而霉小斋"的门。来人是一位30多岁的身形清瘦的男子。

"请问，沈从文先生住在这里吗？"

"我就是，您是？"

"啊，你就是沈从文……原来这样小。我是郁达夫，我看过你的文章，好好地写下去……"

沈从文大为震惊，这才想起来，自己曾经给当时蜚声文坛的郁达夫先生写过一封求助信。郁达夫请沈从文到公寓附近的小饭馆吃了饭，临走前把付账时找回的三块多钱，以及一条他戴着来的淡灰色羊毛围巾都留给了沈从文。看着郁达夫留下的围巾和钱，沈从文再也忍不住了，趴在桌子上哭了起来，也更加坚定了他要继续写作的决心。

继处女作发表之后，沈从文陆续在《晨报副刊》《京报·民众文艺》等刊物上发表作品，如《公寓中》《狂人书简》《春月》等。在作品中，沈从文常以"乡下人"自居，这种口吻既符合他笔下的乡土风情写作，也让我们怀着一份揣测：他是不是在以自抑的方式保护着脆弱的自尊呢？在沈从文初期的写作中，常流露出乡下人的敏感与自卑，显露出与城市格格不入的乡村气质。这份敏感与自卑，根植于他乡下人的身份特点，来源于他过往的底层生活经历，穷困潦倒、人微言轻的日子让他懂得了收敛，变得温和有礼。由于城乡经济差别而导致的文化自卑感几乎是先天的，根植于乡土的血脉之中，即便沈从文后来成了中国文坛的佼佼者，他依旧无法摒弃骨子里的自卑感。

反观之，这份敏感与自感也成就了沈从文的写作。他经历过生活的艰难困苦，切身体验过理想与现实的差距，明白了世间的人情冷暖，故而他笔触细腻，寥寥数言便可刻画出人物真切的内心世界。在沈从文的早期创作中，对乡下人自卑心理的刻画占据了作品的主流。作品的主人公如他一般，自卑于乡下人的身份，置身于光怪陆离的大都市中，内心的卑微与怯懦随时会汹涌而起，就像是一只弱小的小猫咪，刚刚出生便离开了母亲，到了陌生的环境中，孤独无助，惊惧地号叫，焦灼不安的心理成了常态。如此种种，既是作品中的乡下人初入城市的心理状态，也是沈从文面对奢靡繁盛的大都市时卑微的精神映照，体现出沈从文难以自制的乡下人气质。有时候，一声鸡鸣、几声猫叫就能勾起沈从文对人生命运与城乡文明的感慨，这也折射出当时作为小知识分子的沈从文坎坷的人生轨迹和卑微的内心苦闷之情。既然无法在现实生活中寻得爱与关照，沈从文便更加发愤地写作，在文字中尽情发泄内心的苦闷以及对爱的追寻，弥补现实生活的遗憾。

沈从文写下了《虎雏》《月下小景》等作品，在中国文坛也算小有名气，直到1934年《边城》的完成让他声震中国文坛，到达了创作的巅峰时期。当在文学事业上取得成功后，"乡下人"的称号对于他来说更成为一种写作的标志，乡下人卑微的心态也发生了巨大的扭转，常常表现为强烈的自尊和高涨的自信。现实中都市文明生活的奢靡、人性的冷漠扭曲等种种丑恶状况，促使沈从文在写作中不断回望淳朴温情的凤凰小城。他以"乡下人"的身份审视着都市文明生活的种种不堪，并不断美化记忆中的湘西生活图景，从而在文字中构建了一个理想化的湘西世界。《柏子》《萧萧》《边城》《湘行散记》等作品无一不展现出了湘西世界中的景美与人情美，而这些都是沈从文在都市生活中所无法感受到的。这份对爱与美的理想追寻，也让沈从文自然而然地在文字中省略了湘西之地的莽荒景色与野蛮人性。沈从文通过对都市文明与湘西乡村文明的对比书写，极力渲染乡村牧歌的梦幻美妙，凸显出乡村生活的美好和乡下人的朴实，成为湘西社会的不倦歌者。

"我的想象力是在这条
河水上扩大的"

　　汪曾祺曾在回忆文章中称老师沈从文为"水边的抒情诗人"："湘西的一条辰河,流过沈从文的全部作品。……关于这条河有说不尽的故事。沈先生写了多少篇关于辰河、沅水、酉水的小说,即每一篇都有近似的色调,然而每一篇又各有特色,每一篇都有不同动人的艺术魅力。河水是不老的,沈先生的小说也永远是清新的。"① 沈从文之所以如此不知疲倦地书写着一条河的故事,书写着湘西的水,原因只有一个,那便是他爱湘西的水,"水"已经与他的文章、他的生命融合在一起。

---

① 汪曾祺.与友人谈沈从文//晚翠文谈新编.北京:三联书店,2002:176.

沈从文手稿

【经典品读】

《我的写作与水的关系》中
关于沈从文的写作与水的关系的段落

在我一个自传里，我曾经提到过水给我的种种印象。檐溜，小小的河流，汪洋万顷的大海，莫不对于我有过极大的帮助，我学会用小小脑子去思索一切，全亏得是水，我对于宇宙认识得深一点，也亏得是水。

"孤独一点，在你缺少一切的时节，你就会发现原来还有个你自己。"这是一句真话。我有我自己的生活与思想，可以说是皆从孤独得来的。我的教育，也是从孤独中得来的。然而这点孤独，与水不能分开。

　　"水"之于沈从文，有着无法替代的地位和难以言喻的深意。在他看来，他的文字、他的性情乃至他的生命都是建立在水上的，"水"成全了沈从文的人与文。沈从文之所以如此钟情于"水"，与他的生活环境、人生经历息息相关。沈从文与"水"的缘分从出生起便已经建立起来了。他出生于山水秀美的湘西凤凰，从小在水边长大，对"水"情有独钟，甚至常常逃学到水边去玩，脱光了衣服泡在河水里，即便要挨一顿不可避免的痛打也在所不惜。小时候，沈从文曾经就读过的一家私塾临水，到了休息时间，他总是和一群顽皮的孩子聚到一起，跑到河里玩水。私塾为了禁止学童们去水里洗澡玩水，每到中午放学的时候，便用朱笔在每一个人的手心逐一写一个大字。但"上有政策，下有对策"，沈从文他们人小鬼大，想出了个巧妙的应对法子——一直高举着写字的手，这样既能保证手上干燥，又能把身体泡到水里痛快地玩上半天。遇到下雨，行人们往往都急匆匆地去避雨，沈从文反倒十分兴奋地在雨中畅想，希望雨下得更久一些。

　　少年时期，沈从文随军流转，他的生命便又与辰河连在了一起。沈从文在辰河边上生活了五年，大概有十分之一的时间是在辰河的船只上度过的。那时候的日子极为无聊，他便每天在河边街上闲逛，走遍了每一条河，看遍了河边的桥与水中的景，那时的回忆都是湿漉漉的，沾着浓郁的水气。青年时期，沈从文孤身一人置身于偌大的北京，生活的窘迫和人情的冷漠让他备感压抑，只能一次次在记忆中梦回湘西，以温柔的山水聊以慰藉自我。后来，沈从文又曾在一泻千里的武汉长江、碧波无际的青岛和云南的滇池旁生活过。

面对汹涌的流水，沈从文对人生远景凝眸，从浩瀚的海水中汲取着生命的活力和创作的灵感。从在屋檐下观雨，到在河水上泛舟，再到欣赏奔腾的江水、徜徉广阔的海边，沈从文一生与"水"为伴，"水"也在潜移默化中影响着沈从文的人与文，如其所言："我感情流动而不凝固，一派清波给予我的影响实在不小。我幼小时较美丽的生活，大部分都与水不能分离……我认识美，学会思索，水对我有极大的关系。"[1]"从汤汤流水上，我明白了多少人事，学会了多少知识，见过了多少世界！"[2]

"水"是沈从文记忆中念念不忘的风景，构成了他对故乡的独特记忆。沈从文开始写作是在北京，是在离开了"水"的日子里，但他的笔下皆是对"水"的描写。沈从文所写的故事，大多发生在水边船上，故事中人物的性格，也大都源自他

---

① 沈从文.我读一本小书同时又读一本大书//沈从文全集：第13卷.太原：北岳文艺出版社，2002：252.

② 沈从文.我的写作与水的关系//沈从文全集：第17卷.太原：北岳文艺出版社，2002：209.

在现实的水边生活中所见到的真实人物的性格。沈从文的文字中总萦绕着一股忧郁感伤的气息，这种气息同样来源于湘西，湘西常年阴雨缠绵，多雨的天气不仅软化了沈从文的性格，也影响了他的语言风格。在远离"水"的日子里，沈从文以一支笔，不仅让自己梦回家乡的山水之中，也带领着一代又一代读者领略湘西水乡温润的水汽。

怀着对家乡的思念之情，沈从文笔下的湘西世界充盈着"水"，晶莹剔透，宛若完美无瑕的美玉，纯净美好。散文集《湘行书简》是用沈从文写给妻子张兆和的家信整理而成的。1934年，沈从文返乡，坐在一条动荡的小船上任情书写，记下了他在旅途中看到的风景、遇到的人与发生的事。顺着沅水一路向西南而行，阔别故乡十年之久的沈从文尽情地饱览着湘西的山山水水，以一支笔记录下了沿途中清雅秀丽的水上之景，"两岸小山作浅绿色，山水秀雅明丽如西湖"[1]。沈从文的笔调优雅纯净，常以白描的手法勾勒出一幅幅如诗如画的湘西水景图，读来使人仿若置身其中，流连忘返。

"水"之于沈从文，是作品中必不可少的元素，既是故事的背景，也是故事的一部分，与人与事融为一体。沈从文在小说《边城》中为我们讲述了一个仿若发生在昨天的故事，

---

[1] 沈从文.一九三四年一月十八//沈从文全集：第11卷.太原：北岳文艺出版社，2002：251.

隐隐投射出古老华夏更为遥远的时代，又宛若一首哀婉的抒情诗，记下了一段少年少女情窦初开的爱情往事。沈从文以柔情似水的文字为我们描绘了一幅田园牧歌式的美丽画卷，乡下人愉悦简单的生活方式宛若晶莹饱满的露珠跃然其上。在一处名叫"茶峒"的小山城，有一条小溪，绕山而转，随势而流。流淌的溪水勾勒出边地小城的轮廓，也填满了整个小城。这是"水"的世界。沈从文没有使用任何华丽的辞藻，他的文字如同温柔的流水，缓缓流淌于笔尖，寥寥几笔便将这个边地茶峒小城的秀丽清姿淋漓尽致地呈现在读者眼前，使人仿佛身临其境。"水"作为小说的自然背景存在，既渲染了小说流畅自然的氛围，也赋予了故事主人公生机勃勃的活力。溪边有一座白色的小塔，塔下只住了一家人：一位老人、一个女孩和一条黄狗。老人活了70年了，从20岁起便在这条小溪上撑船，50年的岁月光阴同溪水一般流淌着。老人日出而作，日落而息，岁月静好，莫过于此。女孩名叫翠翠，是老人的外孙女，随着老人一起摆渡，从河的这头渡到河的那头。日复一日地，翠翠就长大了，故事也便开始了。在水边长大的翠翠情窦初开。她如同河里的流水，既是跳跃的、充满生命活力的，也是孤独的、忧郁的，如同水边蒸腾而起的雾气，朦朦胧胧。在沈从文的笔下，"水"不再仅仅是一种自然背景，更是一种精神气质，翠翠与"水"相互照应，翠翠的身上有着水的灵动与水的忧愁。

又如在短篇小说《丈夫》中，水不仅是自然之水，更促成了某种谋生手段，为底层劳动人民提供了生存机会。妻子在湘西某河畔的妓船上谋生，乡下的丈夫前来探望妻子，却受尽了屈辱，后来在一个清晨夫妇二人一起离开了。作品记载了一支发生于水上的卑微者之歌。在《柏子》中，柏子是一名水手，挣一份苦力钱，在河上漂泊着，不知前往何方，只是一次次开始新的漂泊，但他却活得自由且肆意，如奔流不息的河流，永远不知停歇。再如《雨后》《三三》《长河》等作品都笼罩着一层水汽。沈从文通过"水"自由流畅地展现出湘西人生活的方方面面，人的力量体现出"水"的刚劲，人的忧郁又显现出"水"的柔情。刚柔并济，既是"水"的特性，又是人的特性，人与"水"在沈从文的笔下抵达了物我合一的境界。

"水"不仅影响了沈从文的写作风格，也影响了他的人格性情。对于沈从文来说，"水"的含义早已超越了简单意义上物质形态的概念，它更是一种生命的隐喻和精神的象征。水的自然形态是多样的，既可是缓缓流淌的溪流，又可是万马奔腾的激流；既可是吐纳百川的深海，又可是肆虐泛滥的洪水。水的德性亦是兼容并蓄的，既有柔弱的一面，又不失刚强的一面，看似软弱无力，实则无坚不摧。从小在水边长大的沈从文身上自然带有几分"水"的精神，从表面看是文质彬彬、手无缚鸡之力的文人，实则是坚韧的，以一颗包容之心抚平所有的苦痛，以平和的态度去迎接岁月的磨难。1948年，沈从文遭到左翼文艺阵营的批判和清算，被认为是落后的甚至是反动的作家，一时间他成了当时中国左派文人群起而攻之的对象。在如此重压之下，沈从文亦曾想过放弃，甚至结束自己的生命，但他终究没有。后来，平反后的沈从文选择转向文物研究，到博物馆去上班，埋首在历史的遗迹中。寒暑交替，日升月落，几年过去了，笔耕不辍的沈从文默默地在新的研究领域取得了璀璨的成就，成为文物研究方面的专家。

这就是沈从文，他是谦卑的、内敛的，更是坚韧的。得益于"水"的滋养，他的小说看似平静，实则翻滚着浪潮，有着蕴藏万物的力量与空间。"水"给予他灵感，让他笔下的文字凝练而不失灵动；"水"更赋予他力量，让他的生命永远闪耀着自由与美的光彩！沈从文的小说是浸泡在流淌不息的水中的，流淌过湘西世界的每一个角落，浸润着湘西人自由洒脱的性情，随手就可打捞起一个纯净升腾的灵魂。

【我来品说】

1. 通过阅读上文，你认为沈从文为何要自称为"乡下人"？他作为"乡下人"的特质体现在哪里？

2. 你认为"水"对于沈从文的写作有哪些影响？

第二章

站在京城，回望《边城》

导读

读《边城》，随着沈从文一起梦回故乡。这里有美丽的自然风景，有淳真简朴的乡人，更有人与人之间缠绕的情感交互，令人心醉神迷、流连忘返。但现实总是充满了伤感与缺憾，《边城》亦是如此，充盈着诗意的忧伤，轻轻吟唱着人生的哀与乐。

《边城》最初连载于《国闻周报》，成文于1934年，是沈从文最具代表性的小说作品，寄予了他对爱与美的追求。《边城》的故事发生在20世纪30年代川湘交界处的边城小镇茶峒，沈从文用诗歌一般的语言描绘了湘西地区特有的风土人情，以船家少女翠翠的纯洁爱情故事为主体，展现出了善良美好的人性品质，构建了具有美好人情人性的湘西世界。

　　总有人说，"边城"是沈从文对湘西世界的理想建构，是世外桃源一般的存在，如梦似幻。但我想说，"边城"的确是梦，但这个梦是易碎的梦，是一戳即破的梦境，需要我们倍加珍视。《边城》既是牧歌，也是悲歌，恰恰在这样一个充满了美好人情人性的理想世界中，发生了一出又一出的悲剧：接二连三的死亡，永远等不到的归人。一旦梦醒了，我们便回到了现实生活，翠翠再也做不回那个天真烂漫的女孩子了。沈从文在《边城》中既营造了一个理想的梦境，也还原了现实的人生。

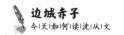
既是牧歌，也是悲歌

"由四川过湖南去，靠东有一条官路。这官路将近湘西边境到了一个地方名叫'茶峒'的小山城时，有一小溪，溪边有座白色小塔，塔下住了一户单独的人家。这人家只一个老人，一个女孩子，一只黄狗。"① 这是一段极其精妙的开头，寥寥数语，诗意自然的故事背景便缓缓呈现在我们眼前，故事的主人公也随之进入我们的视野。序幕拉开了，一支名为"边城"的渺远的歌谣，就这样在耳边轻轻响起。

老人以摆渡为生，从20岁到70岁，50年来一直摆着一条渡船，船来船去，不知渡了多少人过河。在寂寞的岁月里，陪伴着他的只有一个名叫翠翠的女孩和一只大黄狗。翠翠的母亲是老船夫的独生女，十几年前与一个军人相爱并发生了关系。后来，他们发现怀孕以后，进退两难，既不愿意远走他乡远离家人，又难以承受"丑事"败露的后果，逃不走又留不下。军

---

① 沈从文.边城//沈从文全集：第8卷.太原：北岳文艺出版社，2002：61.

人只好服毒自杀。翠翠的母亲在生下翠翠后，也殉情追随爱人去了。

翠翠由祖父抚养长大，在自然山水中长养着，"触目为青山绿水，故眸子清明如水晶"[1]。翠翠为人天真活泼，就像一只小麋鹿，从来不发愁，也从不动气，随着岁月的增长，渐渐出落成一个清纯美丽的少女。端午节这天，翠翠跟随祖父到茶峒小城里观看赛龙舟比赛，邂逅了当地船总顺顺的二儿子傩送。傩送对翠翠一见钟情，不仅派人护送翠翠，还在心中默默记住了这个天真美丽的女孩。又到了下一年的端午节，翠翠进城玩耍，又与顺顺的大儿子天保相遇了。天保同弟弟一样，对翠翠一见钟情。

翠翠的年纪还小，并不能懂得男女之情，日日心中所挂的仍是玩耍取乐。又是一年端午节（已经是第三个端午节了），祖父为了让翠翠高兴，特地找朋友替自己摆渡，陪翠翠去小城里看赛龙舟。当有人问起翠翠的亲事时，祖父只是高兴地夸奖翠翠，却从不谈论翠翠的婚事问题。祖父并非对翠翠的婚事不上心，只是想让翠翠自由选择，不想干涉翠翠的婚事。因此，当大老天保向祖父提亲时，祖父让天保自己去赢得翠翠的心。

---

[1] 沈从文.边城//沈从文全集：第8卷.太原：北岳文艺出版社，2002：64.

　　此时，傩送也向哥哥坦白了自己对翠翠的爱慕之心。天保和傩送兄弟俩决定采用唱山歌的方式表达情感，各自争取翠翠的喜欢。这天，山上唱起了一夜的歌声，翠翠告诉祖父她在梦中抓了一把虎耳草，睡得好极了。祖父误以为这是天保在为翠翠唱歌，便高兴痛快地将翠翠的回应告诉了天保的伙计。这个消息无疑犹如一盆冷水浇到了天保的头上，满心的欢喜都落空了，因为那晚去唱歌的人是傩送，不是他。心灰意冷的天保，毅然驾船离开了茶峒，却不幸在途中遇难了。

【经典品读】

《边城》中翠翠梦中的虎耳草

　　老船夫做事累了睡了，翠翠哭倦了也睡了。翠翠不能忘记祖父所说的事情，梦中灵魂为一种美妙歌声浮起来了，仿佛轻轻的各处飘着，上了白塔，下了菜园，到了船上，又复飞窜过悬崖半腰——去作什么呢？摘虎耳草！白日里拉船时，她仰头望着崖上那些肥大虎耳草已极熟习。崖壁三五丈高，平时攀折不到手，这时节却可以选顶大的叶子作伞。

　　第二天天一亮，翠翠同祖父起身了，用溪水洗了脸，把早上说梦的忌讳去掉了，翠翠赶忙同祖父去说昨晚上所梦的事情。

"爷爷，你说唱歌，我昨天就在梦里听到一种顶好听的歌声，又软又缠绵，我像跟了这声音各处飞，飞到对溪悬崖半腰，摘了一大把虎耳草，得到了虎耳草，我可不知道把这个东西交给谁去了。我睡得真好，梦的真有趣！"

天保的死亡让船总顺顺将不幸归结于翠翠，不愿意让翠翠做自己的儿媳妇，傩送也不愿再来唱歌，跟哥哥一样驾船离开了茶峒。一天夜里下起了倾盆大雨，雷声轰鸣，渡船被冲走了，屋后的白塔也冲塌了，祖父也在雷声将息时死去了。此后，翠翠便守着新的渡船，等待着明天。也许，傩送明天就会回来，但也许永远都不会回来了。

《边城》的故事就这样告一段落了，但沈从文留给读者的美的感受却未曾终止。《边城》为读者呈现了一幅美丽的湘西乡村图景，此处不仅有秀丽优美的自然风景、古朴热闹的民间风俗活动，更有质朴淳真的人。沈从文用一支素笔搭建了一个充满了理想化色彩的湘西世界。《边城》的美，是诗意流淌的美。沈从文注重语言文字的抒情性，他以写诗的手法来写小说，用流水一般的抒情笔致，使小说既具有小说的故事性，又有散文形散神不散的结构，同时还具备诗歌的灵魂。在文体的融会中，沈从文实现了现实与梦幻的水乳交融，以诗意流淌的文字，打造出一个如梦如幻的乡村世界。请看翠翠与傩送第一次见面时的对话：

  "是谁人？"

  "是翠翠！"

  "翠翠又是谁？"

  "是碧溪岨撑渡船的孙女。"

  "你在这儿做什么？"

  "我等我爷爷。我等他来。"

  …………

  ……"……回头水里大鱼来咬了你，可不要叫喊！"

  ……"鱼咬了我也不管你的事。"[①]

  这段对话有如诗歌一般，纯净，而又充满了无限的趣味。对话没有多余的人称指代词，只由一些简单而干净的口语组成，但却凸显了诗歌的质感，透明，纯净，仿若在水中洗涤

---

① 沈从文.边城//沈从文全集：第8卷.太原：北岳文艺出版社，2002：79-80.

过一般，毫无雕饰之气，任诗意缓缓流淌。同时，沈从文的语言又是那么的生动形象，仿佛是贴着人物生长出来，只寥寥几句，便十分生动地展现出翠翠和傩送二人的性格特点，以及流动于二人对话中的活力与生机。

沈从文的语言生动而自然，但这并不意味着他的写作态度是随意的。相反，如古人写诗要"炼字"一般，沈从文十分注重语言的格调，对于词句的选择是十分谨慎的。沈从文在句式的构建上多以短句、散句、松句为主，间以少量的长句、整句，行文注重骈散结合，长短搭配，使句式错落有致，参差之中见整齐。如："秋冬来时，人家房屋在悬崖上的，滨水的，无不朗然入目。黄泥的墙，乌黑的瓦，位置却永远那么妥帖，且与四围环境极其调和，使人迎面得到的印象，实在非常愉快。"[1] 语言之于沈从文而言，不仅是一种表达叙述的工具，更是故事内容本身。他那澄澈而干净的文字、简单而跃动的语言节奏，与《边城》那朦胧而纯粹的故事氛围完美契合，相辅相成，抵达了水乳交融的境界，充满了灵性的色彩。

除了语言节奏的轻快、语言特质的透亮，沈从文语言的独特之处，还在于他十分擅长选用合适的民俗歌谣，以此表现湘西自然古朴的边地风俗和浓郁的民族风情。这份民间艺术

---

[1] 沈从文.边城//沈从文全集：第8卷.太原：北岳文艺出版社，2002：67.

的积淀无疑要归功于他在湘西长达十几年的真实生活。沈从文谙熟于湘西的民歌艺术，在行文中随意添加几笔便使其语言多了一份情致与别致。在《边城》里，沈从文恰切地参考了当地的民歌曲词，以自然且艺术的手法表现出湘西当地劳动人民的平凡生活，唱出了他们对幸福生活的美好渴望和对纯真爱情的憧憬。

请听：

> 白鸡关出老虎咬人，不咬别人，团总的小姐派第一。……大姐戴副金簪子，二姐戴副银钏子，只有我三妹莫得什么戴，耳朵上长年戴条豆芽菜。[1]

这首民歌的语言简单，内容通俗；节奏整齐，朗朗上口。当翠翠一个人摆渡时，她总会无所谓地轻轻哼唱着。"金簪子""银钏子""豆芽菜"代表的是姐妹三人所佩戴的首饰的区别，更是姐妹三人所追求的不同生活。"我"不追求外表的华丽，简简单单的"豆芽菜"与其简单朴素的内心是相应和的。翠翠在摆渡时目睹了许多女孩子过河看龙舟时的华美装扮，但却并不因此自惭形秽。这首歌谣，唱出了一个船家少女

---

[1] 沈从文.边城//沈从文全集：第8卷.太原：北岳文艺出版社，2002：96.

干净透明的内心世界。

再听：

你大仙，你大神，睁眼看看我们这里人！

他们既诚实，又年青，又身无疾病。

他们大人会喝酒，会作事，会睡觉；

他们孩子能长大，能耐饥，能耐冷；

他们牯牛肯耕田，山羊肯生仔，鸡鸭肯孵卵；

他们女人会养儿子，会唱歌，会找她心中欢喜的

情人！

你大神，你大仙，排驾前来站两边。

关夫子身跨赤兔马，

尉迟公手拿大铁鞭。

你大仙，你大神，云端下降慢慢行！

张果老驴上得坐稳，

铁拐李脚下要小心！

福禄绵绵是神恩，

和风和雨神好心，

好酒好饭当前陈，

肥猪肥羊火上烹！

洪秀全，李鸿章，

你们在生是霸王，

杀人放火尽节全忠各有道，

今来坐席又何妨！

慢慢吃，慢慢喝，

月白风清好过河。

醉时携手同归去，

我当为你再唱歌。①

这是翠翠在船上哼唱的巫师为人们还愿迎神的歌，歌词质朴而通俗，十分贴切地显现出当地人民对生活的全部期待。一方面，他们热情地赞颂了湘西劳动人民淳朴、勤劳、乐观的美好品质，这里的青年个个勤劳康健，这里的妇女宜室宜家，这里的孩子活泼结实；另一方面则是他们对神灵的祈求，他们的愿望简单、诚挚而质朴，这也表现了他们知足常乐的善良性格，反映了他们不求大富大贵，只愿和乐且湛。

---

① 沈从文.边城//沈从文全集：第8卷.太原：北岳文艺出版社，
2002：96-97.

取自然之气，成翠翠之身

　　翠翠是《边城》中的灵魂人物。她聚集了故事中所有人物的焦点，也吸引了现实中众多读者的目光。她天真而活泼，爽朗而淳朴，脆弱却也坚强，凝聚了诸多美好的品质。沈从文对于翠翠这一人物形象的塑造是颇为精妙的，他以独特的诗意笔法，描摹出了一个山野少女的灵动与纯净。

　　翠翠是真与美的化身，是诗意的汇集，她仿若一面晶莹剔透的镜子，人世间所有的不堪与俗套到了她的面前似乎都会原形毕露。但翠翠最初的形象建构来源于现实，是沈从文在现实生活中所见到的美好女性的集合体。

　　翠翠的原型之一是沈从文曾经遇到过的泸溪县一家绒线铺里的女孩子。沈从文当年从军的时候曾在泸溪县城驻扎，在那段日子里，沈从文常和几个伙伴上街闲逛，逛到了绒线铺中，一眼就看见并记住了那个明慧温柔的小女孩。十七年后，沈从文重返湘西，当他的小船停靠在泸溪县城时，他便下船闲逛。故地重游，随着一槌小锣响声，那个绒线铺里女孩的样子清晰地映照在他眼前："一双发光乌黑的眼珠，一条直直的鼻子，一张小口"[1]。十几年来，这个女孩的影子一直停留在沈从文的心底，当他要写《边城》的故事时，女孩的样子便自动浮现在脑海中了。

翠翠的原型之二是沈从文在青岛崂山看到的一个女孩子。当时，沈从文在路上遇到了村里的送葬队伍，其中有一个小女孩走在前面引路，应当是死者的家属。试想，一位情感丰富、悲天悯人的作家，遇到一个身披孝服、手执灵幡的小女孩，怎能不心生怜悯之情？也许她的故事与遭遇我们无从知晓，但萦绕在她周身的悲哀却可以传递给每一个人，包括目睹送葬队伍的沈从文，他不自觉地将她的影子融入笔下的人物中。

翠翠的原型之三则是沈从文的妻子张兆和。沈从文在年轻时对张兆和是十分迷恋的，他的求爱经历一度被传为佳话。1934年沈从文起笔写作《边城》时，刚刚结束了四年的爱情长跑，正沉浸在新婚的快乐中。新婚妻子张兆和的聪颖明慧、温柔体贴的美好品质都令他欣喜与沉迷，会于心而形诸笔："一面就用身边黑脸长眉新妇作范本，取得性格上的素朴良善式样。"[2] 身边妇人的形象便融入翠翠的人物塑造中，为笔下翠翠

---

[1] 沈从文.老伴 // 沈从文全集：第11卷.太原：北岳文艺出版社，2002：295.

[2] 沈从文.水云 // 沈从文全集：第12卷.太原：北岳文艺出版社，2002：111.

的形象又添了几分灵慧与娇羞。

当然，翠翠形象的最终成型，绝不仅仅是以上所述的三个人物原型的简单组合，而是沈从文过往生活经历中遇到过的所有美好女性特质的集合。沈从文也写过很多性格各异的女孩子，如天真的萧萧、自由的夭夭等。当他去写翠翠时，诸多潜藏在他记忆中的美好女性形象便一股脑儿地跳了出来，她们交叠在一起，在笔端被重新锻造、融合，塑造出了一个全新的女性形象，即翠翠。沈从文把自己多年来对故乡的爱，醇化为对翠翠的爱。

翠翠来自山野之间，有着"清水出芙蓉，天然去雕饰"的自然之美，一派天真，浑然天成。在中国传统审美习俗中，"手如柔荑，肤如凝脂，领如蝤蛴，齿如瓠犀，螓首蛾眉"才是美女的标准。而翠翠的美是独特的，是超脱于世俗的。且看沈从文的描述：

> 翠翠在风日里长养着，故把皮肤变得黑黑的，触目为青山绿水，故眸子清明如水晶。自然既长养她且教育她，为人天真活泼，处处俨然如一只小兽物。人又那么乖，如山头黄麂一样，从不想到残忍事情，从不发愁，从不动气。平时在渡船上遇陌生人对她有所注意时，便把光光的眼睛瞅着那陌生

人，作成随时皆可举步逃入深山的神气，但明白
了面前的人无机心后，就又从从容容的在水边玩
耍了。①

翠翠的美是一种健康的自然之美，她仿佛是由天地之灵气
化生而来，俨然一只活泼的小兽，在自然天地之中长养起来，
未经开化，纯净自然，充满灵气，惹人怜爱。湘西的清风丽日
哺育了翠翠，赋予了她矫健灵动的躯体；茶峒的灵秀明朗养育
了翠翠，给予了她一颗赤子之心。在沈从文的笔下，自然与翠
翠之间的关系并非单向的索取，自然滋养了翠翠，翠翠同样反
哺了自然，赋予了大自然以人的色彩，一草一木都汲取着人的
气息。在《边城》中，人与自然并非各自分立的个体，而是互
补互育的统一体，人在自然中长养着，自然也在人的照拂中繁
衍着，人与自然和谐共处。

翠翠的心境纯善，纤尘不染，既有自然灵气的孕育，也
离不开人的熏陶。翠翠自小跟着祖父在溪水旁长大，在白塔下
相依为命。他们既无嫌贫爱富之心，也没有偷奸耍滑之举，只
是兢兢业业地以摆渡为生，体现了中华民族勤劳善良、淡泊明
志的传统美德。翠翠孝顺又懂事，对祖父的爱淳朴而真切。祖

① 沈从文.边城//沈从文全集：第8卷.太原：北岳文艺出版社，
2002：64.

父不论晴雨，必守在船头，有时候难免过于疲惫睡着了。这时候，若是有人要过渡，翠翠就会很敏捷地跳下船，去替祖父摆渡。翠翠知道祖父年纪大了，她可以帮祖父守船摆渡，却不能阻止时间爬上祖父的脸庞，留下一道深一道浅的皱纹。

【经典品读】

《边城》中翠翠和爷爷的一段对话

提起旧事，翠翠嗤的笑了。

"爷爷，你还以为大鱼会吃掉我？是别人家说我，我告给你的！你那天只是恨不得让城中的那个爷爷把装酒的葫芦吃掉！你这种人，好记性！"

"我人老了，记性也坏透了。翠翠，现在你人长大了，一个人一定敢上城去看船不怕鱼吃掉你了。"

"人大了就应当守船呢。"

"人老了才应当守船。"

"人老了应当歇憩！"

"你爷爷还可以打老虎，人不老！"祖父说着，于是，把膀子弯曲起来，努力使筋肉在局束中显得又有力又年青，且说："翠翠，你不信，你咬。"

翠翠睨着腰背微驼的祖父，不说什么话。

翠翠一出生，便是不幸的。父亲不待她出生便自杀了，母亲也在生下她之后就去世了，唯一陪伴她的是日渐衰老的祖父和一只大黄狗。但她又是坚强的，她努力长成祖父所希望的那样："不许哭，做一个大人，不管有什么事都不许哭。要硬扎一点，结实一点，方配活到这块土地上！"[1] 因为一切要来的，终将会来，不必怕，怕也无用。翠翠的日子过得倒也快活，平日里帮祖父守船，听过渡人讲十里八村的故事，看过路的新娘子的打扮，遇上时节便进城去热闹一番，好不快乐。

端午节上，翠翠进城看龙舟时遇上了傩送，简单快乐的她从此多了一份难言的少女心事。当别人无意之中提到什么时，她会害羞地脸红，心底里却又希望对方能多说一点，再多说一点。当傩送在山上给她唱歌时，她的灵魂都飘浮起来了。翠翠和傩送的爱情起于一场偶然的相遇，他们之间没有山盟海誓的甜言蜜语，没有离经叛道的情迷意乱，甚至没有一场互诉心事的坦白。他们只是循着淳朴的古礼和自然的情意，在自己的心中默默许了对方，一切都是那么自然，任心事随情意缓缓流淌。

初尝情爱滋味的翠翠渐渐品尝到了忧伤孤独的滋味。也许是命运的捉弄、上天的戏耍，翠翠的忧郁在之后的日子里愈发

---

[1] 沈从文.边城//沈从文全集：第8卷.太原：北岳文艺出版社，2002：120.

浓郁起来了。天保之死不因她之过，却与她有着千丝万缕的联系，傩送为此单方面中止了对她的追求，船总顺顺对祖父摆起了冷脸，连周围的人也在闲聊中说着什么。她变得不安起来。直到祖父死后，她才明白到底发生了什么，才理清了事情的来龙去脉，明白傩送为何会不辞而别。

一个天真快乐的少女在祖父死后和傩送走后，渐渐消失不见了，一如沈从文写作《边城》时，心中的理想湘西之梦逐渐破灭。翠翠的身上凝结了沈从文对中华民族、对社会文明的美好愿景，他希冀传统的湘西乡村文明能历久弥新，经万代而不衰，但历史的长河永不停歇地向前奔流，那个纯净素朴的古老湘西渐渐遗落在城市文明的角落了。唯有他心中那份对传统文明的惦念，化身为翠翠，等待着也许会重新回归的"傩送"！

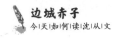
美好人性也会造成悲剧

《边城》是沈从文在离开湘西"边城"之后创作的小说作品，此时的沈从文已经先后在北京、天津、青岛、南京、上海等大都市生活过。可以说，《边城》是沈从文在异乡写下的回忆家乡之作，小说中也自然流露出沈从文对于大都市现代文明和湘西农村文明两种不同生活的看法。我们前面说过，沈从文非常不适应城市中的生活，对于浮躁的现代都市文明极为不满。在这种境况下，大都市的生活便成了美好湘西的一种对照。出于对现代都市文明的不满和对湘西美好人情的怀念，沈从文下笔时自然而然地对家乡中的往事进行了理想化的加工，构建了理想化的湘西世界；在他的文字中，湘西成了世外桃源一般的存在。

《边城》讲述了一段美丽而又充满纠葛的爱情故事。沈从文并不着力制造尖锐的感情冲突和曲折离奇的故事情节，而是以诗化的语言素笔勾勒出翠翠、傩送等少男少女初尝爱情滋味时的状态，诗意地渲染了他们处于爱情中或悸动或慌张或沉默的情感动向。在叙说情窦初开的爱情故事之外，沈从文也不吝啬于对湘西世界中风土人情的描绘，无论是翠翠与老船夫之间浓浓的亲情、天保与傩送之间深厚的兄弟情谊，还是茶峒人的善良热情、小城里明净澄澈的山水景色，都为我们呈现出湘西世界中人性与自然的和谐之美。

这《边城》中的风土美："深潭中为白日所映照，河底小小白石子，有花纹的玛瑙石子，全看得明明白白。水中游鱼来去，皆如浮在空气里。两岸多高山，山中多可以造纸的细竹，长年作深翠颜色，迫人眼目。"[1]在这里，人与景之间的关系是那么的和谐，人们的生活是那么的自在，"近水人家多在桃杏花里，春天时只需注意，凡有桃花处必有人家，凡有人家处必可沽酒"[2]。大自然的自由挥洒与人类的精巧打造形成了完美的契合，人依凭自然而居住，又在生活中美化了自然。

这《边城》中的人情更美。在沈从文构建的理想湘西世界中，人人皆是良善之人。老船夫50年来尽职尽责地摆渡，渡船属于公家所有，过渡人不必付钱，但渡客们往往总要给一些钱以示感谢。老人必定是要把钱退回去的，如果实在退不回去，便用这些钱买些茶叶、烟草，供来往的渡客们享用。当地

---

[1] 沈从文.边城//沈从文全集：第8卷.太原：北岳文艺出版社，2002：67.

[2] 同[1].

首富、掌管水码头的船总顺顺为人正直坦率，乐善好施，凡是遇到需要帮助的人，如船只失事的船家、过路的退伍士兵等，顺顺都尽力施以援手，从不推辞或视而不见。他体恤老船夫生活清贫，逢年过节时总是送一些粽子、鸭子等食物来接济老船夫一家。顺顺也因此得到了当地人的尊敬，人人都称赞他的品性。杨马兵在老船夫死后，主动接过了照顾翠翠的担子，成了翠翠这"孤雏"唯一的依靠。

在《边城》中，沈从文细细描摹了人性的善。小说中没有一个不善的人，也没有一个悲剧制造者，但恰恰是在如此美好的人性世界中，最终却酿成一出命运的悲剧，翠翠的爱情终究以悲剧告终。翠翠孤寂地守在渡口等待明天，等待傩送回来的那天，但傩送或许永远不会回来了，留给读者凄凉的余韵和一个没有结尾的故事。

这份充满了纠葛的爱情故事不仅是两个年轻人的悲剧，也造成了两个家庭的不幸。祖父为了翠翠的幸福，提出走"马路"还是走"车路"的法子；天保和傩送为了追求各自的幸福，毅然决然地选择了"渡船"，选择了清贫平凡的生活，不愿为丰厚的物质而牺牲爱情。然而，在命运的捉弄下，天保遭遇了事故。天保的死亡，对于船总顺顺的家庭来说无疑是晴天霹雳，顺顺不愿意再与船夫家结亲，傩送也始终不能忘记哥哥的死亡，他们不约而同地回避了祖父和翠翠。

天保的死亡造成了顺顺家的不幸，也间接导致了翠翠的不幸。翠翠一出生便失去了父母，15年来与祖父相依为命，依托祖父而幸福快乐地成长。但天保的死亡让祖父一时间极为消沉，害了病，在一个雷雨交加的夜里去世了。婚事的失败、傩送的放弃本就让翠翠的心底发凉，祖父的死亡则如晴天霹雳，加重了翠翠的不幸。祖父离开了，翠翠彻彻底底沦为一个孤儿了。令人无法忘记的一个情节是，翠翠被轰鸣的雷声惊醒了，祖父告诉翠翠不要怕，翠翠回答祖父：只要爷爷在这里她就不怕。多雨的湘西之后还会有很多个雷雨天，祖父走了，只有翠翠一个人了，还会有人对她说一句"不要怕"吗？

【经典品读】

《边城》中雷雨夜里翠翠和爷爷的片段

夜间果然落了大雨，挟以吓人的雷声。电光从屋脊上掠过时，接着就是訇的一个炸雷。翠翠在暗中抖着。祖父也醒了，知道她害怕，且担心她招凉，还起身来把一条布单搭到她身上去。祖父说：

"翠翠，不要怕！"

翠翠说："我不怕！"说了还想说："爷爷你在这里我不怕！"

> 訇的一个大雷，接着是一种超越雨声而上的洪大闷重倾圮声。两人皆以为一定是溪岸悬崖崩落了！担心到那只渡船，会早已压在崖石下面去了。
>
> 祖孙两人便默默的躺在床上听雨声雷声。

关于翠翠的悲剧的发生，各种原因、各种猜测莫衷一是。是封建宗法吗？对于和翠翠家结亲的问题，船总顺顺非但不反对，反而是十分赞成的，他喜欢翠翠这个天真纯善的小姑娘，没有在意两个家庭之间的贫富差距、社会地位等问题。无论是大儿子天保的主动求亲，还是二儿子傩送在"碾坊"和"渡船"之间做出的选择，甚至后来两个儿子为了翠翠而唱歌竞争，船总顺顺都没有表示反对。显然，翠翠的爱情故事并不同于母亲与军人之间的没有结果的命运，她拥有自由选择结婚对象的权利。那么，是家庭的反对吗？祖父十分疼爱翠翠，从不干涉翠翠的选择，给了翠翠极大的自由。他让两个小伙子以唱歌的方式来公平竞争，看谁能唱到翠翠的心坎里，换言之，翠翠喜欢谁便嫁给谁。那么，是情感的背叛？天保和傩送二人都喜欢翠翠，也都希望能得到翠翠的爱情，但他们也都是善良的、正直的、崇高的。大老天保为成全弟弟傩送的感情而远走他乡，二老傩送为了公平竞争帮哥哥天保献唱情歌，兄弟二人即便在爱情的竞争中也始终铭记兄弟间的情谊。可以说，在《边城》中，没有一个坏人，但是悲剧依然发生了，这是沈从文独特的地方。在世外桃源般的《边城》中，沈从文所表现的人性和人的命运是非常复杂的，充满了矛盾和悖论，但同时又是贴近现实的，充满了生活的真实感。

悲剧是一门遗憾的艺术。沈从文将美的东西撕裂开来，使之残缺，使之不完满。但恰是这份残缺之美，以其动人的、悲哀的姿态唤起人们内心对完满的美的追求，激起人们对于美的思考。这份对人性的思考，是沈从文给我们留下的感动与震动，也让我们深深地意识到理想和现实的矛盾。湘西，是沈从文构筑的理想世界，生活于其中的人皆是良善之人，体现出美好的人性。但真实的湘西世界又是复杂的，并非完满的十全之地，其间充满了激烈的矛盾与生活的隐忧。归根结底，湘西世界终究只是理想之地，而非人人触手可及的现实世界，美好的湘西世界是沈从文回不去的故乡。在烟雨朦胧中，湘西之景亦真亦幻。

《边城》这首渺远的歌谣，带给我们充满淡淡忧伤的诗意。这不仅是一个简单的爱情故事，还是一份对湘西人民生活的真情记录，更是沈从文对民族问题与人性问题的追索与探求。《边城》正是一支渺远的歌谣，隔着世俗现实与完美理想的距离，穿越千百年的历史姗姗而来，抵达我们的心灵，留下

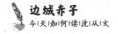
一段悠扬的旋律。

【我来品说】

> 1. 请概括《边城》中翠翠的文学形象。
>
> 2. 你认为"明天"傩送会回来吗？

第三章 『贴着生活写』湘西

导 读

湘西不仅是沈从文生长的故土，更是沈从文的文学故乡。他走过了许多城市，见过了许多地方的人，但心中最为怀念、最难以忘却的依旧是故乡——湘西。沈从文以一支笔描摹着湘西的风土与人情，勾勒出了湘西的风情胜景，也传达了他对湘西社会落后与不堪的担忧。

沈从文笔下，流淌着湘西世界的诗与歌。他的湘西小说都是"贴着生活写"的，不论是小说中的景色还是人物，都来源于真实的湘西世界。他以湘西人的视角真情描述了湘西世界中种种"常态"或"非常态"的生活状况。尽管沈从文所搭建的湘西世界，仍保留了一些蛮荒边地的陋习与落后不堪之处，但沈从文所着力表现的更多是自然乡村的纯净简单和对美好理想人性的追求。

　　沈从文的文字如一首诗，轻轻吟唱着湘西世界的淳真与美好。"贴着生活写"是他创作的"法门"，他秉持这一创作理念在中国文学的土壤中深耕，使其小说充满了生活的真实与异乡的神秘，成为乡土文学的典范。

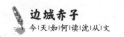

《丈夫》：一曲无言的哀歌

　　沈从文的小说《丈夫》再现了20世纪初到20年代末中国农村的真实境况。当时的中国军阀混战，社会秩序混乱，民不聊生，百姓生活在水深火热之中，连生活在边缘地区的农民也在所难免。沈从文深切意识到连边地的原始生活活力也渐渐为"现代文明"所吞噬。农民实在是太穷了，一年到头所挣的微薄收入照例还要被上面拿去一大半，无论多么勤劳节俭，一年中总有四分之一的时间用红薯叶和糠灰当作充饥的食物。当物质条件严重匮乏到一定极限时，精神上的尊严就变得没那么重要了。

　　于是，那些不急于生养的妇人便离开了乡村，离开了丈夫，跟随一个熟人，到码头的妓船上做起"生意"来。妇人外出做"生意"，在黄庄是非常普遍的。这种生意既不损害健康，也不违反道德。做了"生意"，这些年轻妇人们在城里渐渐沾染了城市里的坏习惯，慢慢地变成了城里的太太，慢慢地和乡村越来越远，于是她们的一生也便毁了。但这毁坏是缓慢的，谁也不会注意到，所以仍有不少妇人前仆后继地赶来做这"生意"。她们的丈夫也不会说什么，因为这些妇人们会把两个晚上赚来的钱送给留在乡下耕田的丈夫，他们的生活也就好了起来，既失不掉丈夫的名分，也获得了利益。丈夫们便留在乡下安分过日子了，只在寂寞或者逢年过节的时候照规矩去到码头见见妻子的面。

沈从文的这篇小说《丈夫》就根据湘西的现实生活状态改写而成，讲述了一个外出做"生意"的妻子和丈夫在城里见面时发生的故事。故事的主人公老七的丈夫，因一个人生活得寂寞，时常思念妻子，便到城里码头来探望妻子。他是晚上到的，本想找妻子说说话，无奈妻子一晚上都有客人，也没说上几句话。第二天，妻子要上岸烧香，只留下丈夫一个人守船。丈夫一个人发闷，忽然河上的水保——被妓女们叫作"干爹"的"保护神"来到了妻子的船上。水保虽有督军的派头，却很亲切地同丈夫聊天，于是丈夫便把预备和自己妻子说的各种事情，无论大小，都对水保说了，两人聊得倒也开心。水保离开时，让丈夫转告他的妻子晚上不要接客，他要来。起先，丈夫非常高兴，这是他第一次同如此尊贵的人物谈话，而且对方还看得起他。他觉得水保一定是妻子的熟客，妻子一定从他身上赚来了许多钱，这是妻子的财神。想到这，他更加高兴了，甚至高兴地唱起歌来。到了正午，妻子还没有回来，丈夫在寂寞中反复琢磨水保的话，突然间

他好像明白了一些难言的事情，便一转之前愉快平和的情绪，变得愤怒起来。他深感自己作为丈夫的身份被深深羞辱了，他失去了身为一个男人、一位丈夫的尊严，他不再唱歌了，他的喉咙被妒忌扼住了，愤怒的火焰在他的胸膛中燃烧起来，他唱不出歌来了。他想，他要回家去。

丈夫愤怒地跳下船，却不料在街上遇到了返回的妻子。妻子给了他刚买的新琴，并硬声呵斥他，让他回到船上去。丈夫看着手中的新琴，又想起自己毕竟需要靠妻子接客来维持生存，因此便不再多说些什么，就跟在妻子的身后跑回船上去了。在船上，他们度过了一段愉快的时光。丈夫拉着琴，小女孩五多唱歌，后来妻子跟着唱起来。灯光透过红色的灯罩将船上照得红彤彤的，好像办喜事一样。丈夫在这份热闹中渐渐忘却了白天的屈辱，心上开了花。但好景不长，丈夫与妻子和乐融融的温馨场景被不速之客搅乱了。两个酒醉的士兵闻乐声而来，大娘、五多和妻子她们习以为常地应对着醉客，丈夫躲在后舱里，听着他们戏弄、蹂躏妻子。两个士兵走后，水保带着巡官来查船，后来又说巡官要"考察"老七，大娘大为欢喜，妻子沉默不语，丈夫便知道了巡官要"考察"些什么。

第二天一早，丈夫毅然决然地要回乡。妻子恳求他留下来，说城里有酒席、有唱戏的，还有荤油包子。但丈夫听着这些在乡下见不到的东西，并不为所动，只是一言不发，沉默以对。妻子很为难，把昨晚赚来的钱都给了丈夫，丈夫突然像个小孩子一样莫名其妙地大哭了起来。五多看着胡琴，很想唱一首歌，却怎么也唱不出来。老七则跟随丈夫一同回到乡下去了。

【经典品读】

《丈夫》的结尾部分

一定要走了，老七很为难，走出船头呆了一会，回身从荷包里掏出昨晚上那兵士给的票子来，点了一下数，一共四张，捏成一把塞到男子左手心里去，男子无话说，老七似乎懂到那意思了，"大娘，你拿那三张也把我，"大娘将钱取出。老七又将这钱塞到男子右手心里去。

男子摇摇头，把票子撒到地下去，两只大而粗的手掌捂着脸孔，像小孩子那样莫名其妙的哭了。

五多同大娘看情形不好，逃到后舱去了，五多心想这真是怪事，那么大的人会哭，好笑！她站在船后梢看挂在梢舱顶梁上的胡琴，很愿意唱一个歌，可是也总唱不出声音来。

水保来船上请远客吃酒时，只有大娘同五多在船上，问及时，才明白两夫妇一早皆回转乡下去了。

从《丈夫》中，我们能体会到沈从文一直以来所关注的城市文明与农村文明之间对立的关系。来自乡下的丈夫，城里的水保、士兵和巡官，以及处在城市和乡村之间的妻子，他们在河边船上发生了一场激烈的城乡文明的碰撞。丈夫来到城市里，目睹了妻子从肉体到精神逐一被侵蚀，逐渐沦为金钱和权势的牺牲品。丑恶在蹂躏善良，污秽在践踏爱与美。他痛苦，他愤怒，但他也无能为力，只能眼睁睁地看着这一切，目睹夫权在现代城市文明中的沦陷，束手无策。然而这一切，难道没有经过他自己的默许吗？是他，将自己的妻子送到这条船上来，让妻子用身体赚钱补贴家用，他无法斥责妻子，也无法埋怨水保等人。归根结底，一个"穷"字打败了他。最后结尾处，丈夫的恸哭淋漓展现了困境中人性的矛盾，他心中所积累的寂寞与羞辱已经达到饱和状态，必须本能地找到一个倾泻的出口。最真的情感是言语无法传达的，他的哭是必然的，也是最能凸显人性的表现，其中包含了多少无奈与苦涩。小说中从头至尾没提丈夫的名字，一次也没有。可见，丈夫不只是一个人，而是一群人，他们生活在中国多灾多难的土地上。丈夫的悲哀也不只是一个人的悲哀，而是中国的悲哀。

然而，无奈的不只是丈夫，妻子的无奈只多不少。老七是一个被丈夫送出去又带回去的乡下妇女，她的命运始终掌握在别人的手里。在乡下的时候，丈夫丢了镰刀，不仅把过错推到她身上，还威胁要打她，让她哭了半夜。后来，她来到船上做"生意"，小心服侍着陌生的男人们，默默忍受着别人的辱骂和暴行。丈夫来看她时，她要尽量体贴他，照顾他吃饭，为他买琴。当这些小小的体贴不起作用后，老七拿出卖身所得的全部血泪钱，试图平息丈夫的不快。不料丈夫把钞票撒在地上大哭起来。老七什么也没说，沉默无言，只是很驯顺地跟丈夫走了。虽然老七的丈夫只是一个普通的乡下人、一个处于社会底层的卑微人物，但传统夫权仍使他能够支配和压迫自己的妻子。老七承受着来自社会和家庭的双重压迫：在社会上，她遭受着阶级压迫，无论是水保、士兵还是巡官，她都要小心服侍着，笑脸相迎；在家庭中，她还要受到夫权的统治，听丈夫的话出来做"生意"，又听丈夫的话回到乡下。无论是在城市中，还是在乡下，妻子总是沉默的，她没有话语权，她只需要"听话"。

在贫穷的日子里，无论男人还是女人，都是要受苦的，他们的生活中总是充满了诸多的不如意。可是，贫穷是如何衡量的呢？我认为，贫穷是对比出来的。一方面，乡村的穷与苦，来自与城市物质生活的对比；另一方面，贫穷反映的是强者对弱者的欺压，城市物质文明的提升必然离不开对乡村低价资源的攫取。沈从文的《丈夫》，以一个男性尊严逐渐消失的故事，写出了城市外溢的物质文明成果对乡村和谐生活的破坏，

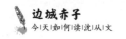

更为严重的是对乡村人纯净心灵的污染。

沈从文在《丈夫》中，给我们留下了深深的思考。试想，老七和丈夫一起回到乡下后，他们的生活又何以为继呢？毕竟，当初丈夫正是迫于生存压力，无能为力，才不得已将妻子送到城里做"生意"。当他们从城市回到乡下后，还能继续维持之前的生活状态吗？亚马孙热带雨林的一只蝴蝶偶尔扇动几次翅膀，都会引起美国得克萨斯州的一场龙卷风；命运的齿轮一旦开始转动，哪里能回到最初的起点呢？已经适应了城市生活的妻子真的可以迅速回归乡村生活吗？即便这一切都可以适应还原，丈夫那失去的尊严还可以找回吗？他们之间的裂隙，真的可以弥补吗？太多的问题，我们无法予以肯定且积极的回答。但也许这就是现实：一切都无法消失重来，就像城市物质文明对乡村自然文明的挤压，必定会留下深深的印记。

《柏子》：以狂欢的方式"去痛"

1928年，沈从文由职业写作转为业余写作。这并不意味着他的写作进入低潮期，相反，这一现象足以说明沈从文和他的作品都愈发得到读者大众的认可。从沈从文的《自订年表》中可以看到，他在1928年后开始去高校任教。这对于沈从文来说，其实已然是破格，毕竟他的学历并不起眼，一般来说是没有教书资格的。这一破格，说明沈从文在文学上取得的成就，让他有了足够的资本去承担教书育人的工作。1928年，沈从文创作了《柏子》及《雨后》《采蕨》等小说，为读者认识神秘奇异的湘西世界开辟了一个窗口。

沈从文的《自订年表》（节选）

简　历

一九一七～一九二二：当兵

一九二四～一九二八：写作（职业）

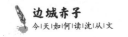
一九二八~一九三〇：（吴淞）中国公学讲师

一九三〇下半年：武汉大学讲师

一九三一~一九三三：青岛大学讲师

一九三四~一九三九：（北京）编中小学国文教课书

一九三九~一九四七：（昆明市）西南联合大学副教授、教授

一九四七~一九四九：北京大学教授

一九二八~一九四七：业余写作，曾编《大公报》《益世报》等文艺副刊

一九五〇~一九七八：（北京）历史博物馆文物研究员

一九七八~　　　　：中国社会科学院历史所研究员

会籍：国际笔会北京分会会员，中国作家协会、美术家协会、历史学会会员

在世界文学的长河中，有很多经久不衰的名著都以妓女为主人公，如小仲马的《茶花女》、莫泊桑的《羊脂球》、左拉的《娜娜》、巴尔扎克的《贝姨》、列夫·托尔斯泰的《复活》、老舍的《月牙儿》等。沈从文的两则短篇小说《柏子》和《丈夫》，也都以妓女作为主人公，但两个小说中的男主人公形象却大相径庭：在"丈夫"身上所体现出的更多是一曲无奈的哀歌；柏子则是一首悲壮的狂歌，在他的身上体现出湘西

男性旺盛的生命力和张扬的性格。柏子是一名水手，他风里来雨里去，穿梭在水中和岸上谋一份营生。柏子身体壮实，白日里爬桅子唱歌，和船上的伙计们嬉笑怒骂，虽然工作劳累，倒也心情欢快；到了晚上，柏子依旧不知疲倦，他和大多数水手一样，带着满兜的铜钱，到岸上的吊脚楼里去寻找乐子。

【经典品读】

《柏子》中对水手工作的描写

每一个船头船尾全站得有人穿青布蓝布短汗褂，口里噙了长长的旱烟杆，手脚露在外面让风吹，——毛茸茸的像一种小孩子想象中的妖洞里喽啰毛脚毛手。看到这些手脚，很容易记起"飞毛腿"一类英雄名称。可不是，这些人正是……桅子上的绳索指定活车，拖拉全无从着手时，看这些飞毛腿的本领，有得是机会显露!毛脚毛手所有的不单是毛，还有类乎钩子的东西，光溜溜的桅，只要一贴身，便飞快的上去了。为表示上下全是儿戏，这些年青水手一面整理绳索一面还将在上面唱歌，那一边桅上，也有这样人时，这种歌便来回唱下去。

柏子不待船靠岸，便冒着小雨，踏着污泥一路奔跑，顾

河边的吊脚楼

不得别人的谩骂，也顾不得弄得全身脏透，跑到岸上的吊脚楼下。看着小楼散发的红红的灯光，他心中的花顿然绽放了。柏子是来找和他相好的女人的。他们见了面，亲着，吻着，放肆地爱着，酣畅淋漓。一番亲热之后，柏子便献上自己准备好的礼物，讨女人的欢心。女人也终于等到了柏子，他们互诉着衷肠，语言充满了玩笑的、戏谑的成分，却又饱含着深情厚谊。

温存过后，柏子又冒着大雨在河岸的泥滩上慢慢走回码头，回到船上去，再次回到他的日常工作生活中。这一夜，在相好的女人的身体上，他得到了慰藉。多少日刮风下雨，挽着桅杆上的绳索摇摇晃晃辗转在河里岸上；多少日骄阳炙烤，毛烘烘的腿脚踩过甲板船舱，留下一堆模糊的泥印。这些用汗与泪换来的钱财，如今一股脑儿地花费在女人身上：他一身都松懈下来，舒舒坦坦地消受了快乐——难以想象的快乐，抵得上一月以来所有的劳苦。柏子浑身有着充足的干劲，怀着对下个月幸福的期待，带着一份愉悦的好心情跳上船，继续受苦了。

沈从文在小说《柏子》中要讲述的故事，是妓女与嫖客的故事，是吊脚楼上最最下等的、出卖色相的女人与漂流浪荡在水里、靠苦力吃饭的水手的故事。他只选取了柏子和女人雨夜相会的一个片段，却呈现了湘西乡野间底层劳动者的生活现实和情感向度：他们为生存而努力着，干着最辛苦或不入流的活计，却也拼尽全力地爱着。柏子靠在船上卖苦力过活，没钱娶妻生子，他唯一的慰藉，便是隔一段时间去找相好的妓女快活一番。女人是一名妓女，为满足生存的需求，她只能出卖色相，受尽别人的侮辱与蹂躏，却也一心念着柏子，期待着柏子的到来。"同是天涯沦落人，相逢何必曾相识？"同是被抛弃的人，同是被压迫的社会最底层的人，在一月一次的相会中，在吊脚楼上的一间小屋里，他们互相慰藉、互相取暖，以疼痛的方式努力而又疯狂地爱着。

他们之间的关系，与其说是肉体和金钱的交换，不如说是两个孤单个体的结合、两份激情的碰撞。专一的柏子为见女人一面"豪掷千金"，女人又何尝不痴情，天天数着算着柏子到来的日子，二人可谓情投意合，只是为了各自的生存而无法长久地结合在一起。这种爱，脱离了传统的道德观念，没有沾染金钱交易的丑恶，单纯而又纯粹。在相会时，他们放纵的甚至粗野的语言和动作，无一不展现出这场爱情的激情与狂热。他们之间相互的叮咛与誓约、离别后的牵挂和眷恋，体现了这段爱情故事的缠绵与悠长。也许女人所从事的职业是饱受诟病、不合人情的，柏子作为水手干的也是一份卖力气的苦力活，处在社会的底层，但女人与柏子那种执着的人生态度和充满激情的人生追求，却闪烁着耀眼的人性光辉。

沈从文摒弃了道德礼教等一切世俗观念的束缚，着力还原湘西乡人的生活现场，挖掘他们身上张扬着的生命活力与生命激情，并从中提炼出独特的人性之美。柏子与女人之间的爱，不带任何芥蒂，不掺杂任何杂质，直接又热烈。在沈从文的笔下，没有关于任何肮脏交易的论断，一切都是那么的自然，彰显出湘西人自由而又张扬的灵魂。不只是柏子和这个女人，那些自由徜徉在大自然中的湘西人，那些灵魂尚未被都市的现代物质文明蛊惑玷污的湘西人，他们身上那种野性的魅力彰显无遗，激发出生命最原始的活力，让人为之欣羡，也让沈从文无比怀念。因此，对于这份"非常态"的人间情爱，沈从文并没有以都市文明人的道德观念与审美标准来看待，而是无遮拦地写出了柏子与女人之间的淳朴的情感，写得如此自如且自由。这份爱意凌驾于世俗的欲望之上，展现出近乎野蛮的原始状态中的浪漫与优美。

《萧萧》："童养媳"的另一种写法

所谓"童养媳"，是我国封建文化中的一种产物：家境很坏的人家养不起孩子，便把幼女提前许配人家，送到婆家养大，待长大后与家中男子正式成亲。文学是反映社会现实的一面镜子，很多文学作品都反映了这一普遍存在于我国旧社会中的现象，如鲁迅《祝福》中的祥林嫂、萧红《呼兰河传》中的小团圆媳妇、冰心《最后的安息》中的翠儿等女性角色都是童养媳的身份。沈从文笔下的《萧萧》也是一部关于童养媳的小说作品，但不同于以上所列举的文学作品中的童养媳人物，沈从文笔下的萧萧在物质生活上并不十分凄惨，不像祥林嫂至死追问人有没有灵魂，不像小团圆媳妇被生生折磨死。萧萧做童养媳的日子看起来并不十分难过，婆家的人对她也是有几分温情的，她不愁吃穿、不受责打。但这样的日子又是经不起细细思量的，萧萧眼前的美好不过是一场虚幻脆弱的梦。

萧萧12岁那年便嫁人做了童养媳。她的小丈夫只有3岁，还在吃奶。别人做了新娘子，想到要从母亲身边离开，想到要去做别人的母亲，想到要和一个陌生男子在一张床上睡觉，总是要哭一场的。但萧萧没有哭，她本来就没有母亲，从小被寄养在大伯家里，出嫁不过是从这家到另一家去。

按照地方规矩，萧萧过了门，喊丈夫做弟弟，每天除了做些家里的杂活之外便是照顾丈夫，抱着弟弟到村前的柳树下玩，他饿了便喂他，他哭了便哄他。萧萧和丈夫的感情深厚起来，有时候丈夫夜里哭起来，连婆婆也没办法，萧萧便爬起来哄丈夫睡觉。天晴落雨的日子一天天过去，萧萧也渐渐长大了，开始逐渐有了小女孩的心思。

一个夏夜，萧萧抱着熟睡的丈夫在院子里的草堆上乘凉，公公婆婆、祖父祖母以及两个帮工的汉子坐在园子里闲谈。祖父突然提起女学生来。在乡下人的印象中，女学生没有辫子，打扮奇怪，像尼姑一样，是十分可笑的存在。祖父开玩笑说萧萧将来也会做女学生，大家都哄笑起来。萧萧并不知道女学生是什么样子，但总觉得做女学生是不利于己的事情，因此反驳说自己不做女学生。对于乡下人来说，女学生是个奇闻，每当女学生从此地经过，一村人可以说一整天关于女学生的笑话，听起来都稀奇古怪的：女学生不用嫁人，不怕男人，甚至可以随意和男人睡觉。时间久了，萧萧渐渐对做女学生产生了渴望，甚至做梦也常常梦到女学生，梦见自己也成了女学生。

萧萧的婆家有个叫花狗的雇工，23岁的年纪，面如其心，并不十分正气。花狗知道萧萧14岁了，长到要听歌的年纪了，就给她唱"十岁娘子一岁夫"的歌谣，唱些巫山云雨的歌谣，硬是用山歌唱开了萧萧的心窍。渐渐地，萧萧有点明白了花狗对她的心思，常常觉得惶恐，想要避开花狗。但花狗总是想方设法缠着萧萧，给萧萧唱些令人脸红心跳的情歌。终于有一天，萧萧就给花狗变成妇人了，还怀上了花狗的孩子。花狗是个没有担当的人，听了这事全无了分寸，束手无策，便不辞而行，自己一个人逃跑了。萧萧的肚子一天天大起来，尝试过吃香灰、喝冷水等多种自残式的法子来把孩子流掉，但都失败了，她所想到的一切方法都没能够把这个她不喜欢的东西和她分开。一天，萧萧听村里人说一些女学生从村前路过，听着听着就睁眼发痴做了一阵白日梦。于是，萧萧便想步花狗的后尘——逃走，可是还没来得及动身就被婆家人发现了。婆家人这才明白了事情的原委，原本平静的生活顿时被打乱了。按照地方规矩，萧萧要么被沉塘淹死，要么被卖给下一处人家，作二路亲。萧萧的大伯听说了这件事，虽然感觉很丢脸，但到底还是不忍心，便决定把萧萧卖给下一户人家。可一直到年底，也没有合适的主顾来买萧萧。第二年，萧萧生下了一个儿子。生下的既是儿子，萧萧就留在婆家，不再嫁给下一户人家了。十年后，萧萧和小丈夫正式拜堂圆房了。这天，全家人忙着帮萧萧的大儿子迎娶媳妇，萧萧抱着新生的小儿子，站在屋前看热闹，就和她十年前抱着丈夫一样。

【经典品读】

《萧萧》的结尾部分

到萧萧正式同丈夫拜堂圆房时，儿子年纪十岁，已经能看牛割草，成为家中生产者一员了。平时喊萧萧丈夫做大叔，大叔也答应，从不生气。

这儿子名叫牛儿。牛儿十二岁时也接了亲，媳妇年长六岁。媳妇年纪大，方能诸事作帮手，对家中有帮助。唢呐吹到门前时，新娘在轿中呜呜的哭着，忙坏了那个祖父，曾祖父。

这一天，萧萧抱了自己新生的月毛毛，却在屋前榆蜡树篱笆看热闹，同十年前抱丈夫一个样子。

沈从文的《萧萧》作为对童养媳的另外一种写法，并没有以犀利残酷的笔法直接揭露出童养媳命运的凄惨与不公，而是采用了轻柔恬淡甚至梦幻般的叙事手法，表现出萧萧作为童养媳令人疼惜痛怜的人生。从《萧萧》的表层意义上来看，无论是月凉如水的夏夜闲谈时光，还是萧萧与小丈夫间的姐弟情谊，都展现出了其乐融融的家庭生活一景，萧萧好似生活在世外桃源中。但这场梦境是虚幻的，生活于其中的人们精神是封闭恍惚的，无论是对女学生的讥讽嘲笑，还是对童养媳等落后传统的不以为然，都体现出当地人的蒙昧状态。在《萧萧》中，沈从文设置了五次梦境，通过梦境的出现与消失侧面表现出乡村人精神状态的蒙昧落后和萧萧作为童养媳生活的不幸。

第一次梦境出现在小说开篇："像做梦一样，将同一个陌生男子汉在一个床上睡觉，做着承宗接祖的事情，当然十分害怕，所以照例觉得要哭，就哭了。"[1] 在乡下，女子到了规定的年龄，便要被家里许配给一个陌生的男子，按照地方规定的时间（多在十二月）和形式出嫁，按照规矩结婚生子、传宗接代，就像一场身不由己的梦境，便这样昏昏然地走完了一生。在乡下，这不仅是萧萧的梦，更是所有女子的梦，所有女子的一生就如一场按照规矩演绎的梦。

梦境还出现在夏夜的空间中，是所有乡下人共同的梦境。"夏夜光景说来如做梦。"[2] 夏日夜晚，凉风习习，家人们围坐在院落中，轻摇着蒲扇，谈心说笑，恰如美妙的梦境般怡人。大家谈起女学生时，一片哄笑。可见，城市里改革的启蒙春风并未吹到乡下来，无论是从空间上看，还是从思想上看，此处

---

① 沈从文. 萧萧//沈从文全集：第 8 卷. 太原：北岳文艺出版社，2002：251.

② 同①253.

的人们，都好似处在自我封闭的虚幻梦境之中，不知道什么叫作"自由""民主"。

其余三处"做梦"则分别指向了萧萧人生中的三个阶段，沈从文借梦境来投射出萧萧的内心世界。萧萧出嫁时不过12岁，正是天真烂漫的少女时期，还不懂得什么是哀愁，对于她来说，嫁人不过是从这家转到那家。无论在哪里，她的生活常态都是贫瘠的、凄苦的，喝冷水，吃粗饭。因此，尽管婆婆对待萧萧并不友善，但对于本就没有母亲的萧萧来说，这算不得什么，自小就被寄养在伯父家的萧萧早已过惯了苦日子。所以，在她人生第一阶段的梦境中："到了夜里睡觉，便常常做世界上人所做过的梦，梦到后门角落或别的什么地方捡得大把大把铜钱，吃好东西，爬树，自己变成鱼到水中溜扒，或一时仿佛很小很轻，身子飞到天上众星中，没有一个人，只是一片白，一片金光，于是大喊'妈！'"① 美好的童年生活梦境对于日日劳作看孩子的萧萧来说无疑是补偿性的，是萧萧内心期盼的生活样态，充满了少女时期的童趣。总体而言，萧萧人生的第一阶段仍然是彩色的，她虽然遭受了封建社会的毒害和压迫，但乡下禁锢的空间也让她处于思想蒙昧的状态，不去思考，便没有忧愁。

---

① 沈从文.萧萧//沈从文全集：第8卷.太原：北岳文艺出版社，2002：252.

萧萧的第二阶段是对女学生产生向往的阶段。此时的萧萧开始思考，开始渴望自由，渴望能过上祖父口中说的女学生的生活："萧萧从此以后心中有个'女学生'。做梦也便常常梦到女学生，且梦到同这些人并排走路。"① 所以，她和花狗发生了私情，并邀请花狗一起到城里去。这是萧萧第一次想要逃离封建社会的限制与禁锢，但也是最后一次。萧萧虽然梦想着做一名女学生，但还是在哄孩子时说女学生咬人来了，还是认为汽车并不会比自己跑步更快。换句话说，萧萧虽然有了自由的意识，种下了启蒙的种子，但她的思想仍是半开化、"半启蒙"的状态。后来，这"启蒙的秧苗"也夭折了。

在萧萧第三阶段的梦中，已经没有了具体的情景，只是"怪梦"："肚中东西使她常常一个人干发急，尽做怪梦。"② 萧萧和花狗的事情东窗事发后，面对着或被沉塘或被第二次嫁人的处境，萧萧对"自由"的渴望、对"女学生"生活的向往夭折了，折服在封建社会的强大势力下，折服在"地方规矩"的强制压迫下。当婆家在她生下儿子后接纳了她时，对于原本想着逃离的萧萧来说，便只剩感恩了——感恩"地方规矩"让她可以继续活着，感恩婆家给了她第二次机会，感恩"儿子"

---

① 沈从文.萧萧//沈从文全集：第8卷.太原：北岳文艺出版社，2002：255.

② 同① 262.

带来的优待。"有一天，又听人说有好些女学生过路，听过这话的萧萧，睁了眼做过一阵梦，愣愣的对日头出处痴了半天。"①这场"怪梦"也终将随着女学生的路过消失殆尽，后来的萧萧终将失去做梦的能力。但萧萧之后，还有下一个萧萧，又是一场人生如梦，传统落后的地方规矩依旧屹立如初，童养媳的传统之于湘西依旧不可撼动。

沈从文的文字充满了诗情。他回避了现实生活的血与泪，即便是对悲剧的叙述也是娓娓道来，满含着温情，萧萧、丈夫、柏子的人生命运皆是如此，缀满了晶莹的泪珠，美丽哀婉。

【我来品说】

> 1. 你认为沈从文的《丈夫》《柏子》和《萧萧》有哪些共同之处？
> 2. 你如何看待沈从文构建的湘西世界？

---

① 沈从文.萧萧//沈从文全集：第8卷.太原：北岳文艺出版社，2002：263.

第四章

『湘行』：理想与现实的碰撞

---- 导 读 ----

沈从文在小说作品中构建了他心目中理想的湘西世界，那么当他返乡、真正回到久违的湘西世界后，他对于湘西的认识与理解是否会发生新的变化呢？重返湘西，将会带给沈从文的内心怎样的震动呢？读沈从文的"湘西"系列，跟随他一起重游故乡。

《湘行书简》与《湘行散记》是沈从文重返故乡——湘西时所写下的文字。沈从文以真诚的笔触，细细描摹着故乡的风景一隅和流动的人群，字里行间都渗透着他对湘西故土的美好惦念，一字一句都浸润着他对故乡的拳拳之情。他放任自己的思绪在天地间漫游，重新"阅读"湘西的每一寸山水，重新认识与理解湘西的人与事。他以随性的文字、流淌的思绪，写下了一篇篇对湘西的新感受。

　　当然，沈从文在感性的描绘之外，也不乏理性的思考与叩问。他终归是带着湘西的历史而来，过去的湘西在他的身上有着难以磨灭的影响。在这一段返乡之旅中，沈从文总是不自觉地以历史的眼光去审视湘西这十年来的"变"与"不变"。同时，作为在大都市中摸爬滚打十数年的人，他又会下意识地将都市文明与湘西的乡村文明做对比，去把握考量城市与乡村间的关系。以上种种，汇成了沈从文的"湘西"系列散文。

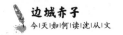

游子如何归乡

　　1934年初，因母亲病危，沈从文踏上了返乡之路，从北平启程回凤凰探亲。此次返乡之旅，是沈从文自1923年离开湘西十余年后，第一次回家探亲。那时候的交通便利程度远不及今日，这一路上沈从文坎坷而行。对于这段旅程的行路之不易，张兆和在写给沈从文的书信中说："听你们说起这条道路之难行，不下于难于上青天的蜀道。"① 沈从文于1924年1月7日从北平出发，坐上通往长沙的火车，又在长沙转乘汽车到常德，再坐汽车到桃源，从桃源雇一只小船沿沅水逆流上行，走水路到浦市后又改走陆路，直到1月22日才抵达湘西家中。在家中停留4天后，沈从文又返程回北平，再次历经一番交通上的波折。这次返乡前前后后花费了沈从文近一个月的时间，其中25天的时间都用在路上了，可见行路之难。

　　从北平出发前，沈从文便与新婚不久的妻子张兆和做了约

---

　　① 张兆和.张兆和致沈从文之二// 沈从文全集：第11卷.太原：北岳文艺出版社，2002：112.

定，每天写信记述行程中的所见所闻。这一路虽行程艰难，沈从文却始终没放下书写的笔，他给妻子写了近50封信，其中多是在进入湘西境内后对着汤汤流水写下的。在漂荡的小船上，沈从文写下了一封又一封私人信件——"三三专利读物"，以倾泻的文字描绘着湘西的自然美景，记载下旅途中重要的人与事，抒发了他对湘西家乡的爱与怨。返乡回到北平后，沈从文对这些信件进行整理加工，将"三三专利读物"改写为面向读者的大众性文本，以散文的形式陆续发表在《大公报》《文学》《国闻周报》等杂志上。后来，沈从文将之结集为《湘行散记》，于1936年由商务印书馆出版。在沈从文的笔下，湘西的水美，景美，人更美。他笔下的湘西世界就是他的心灵世界的外在投射，他将他对湘西的怀念与眷恋一股脑儿地融进了湘西不息流淌的河水中。

关于《湘行散记》

《湘行散记》，商务印书馆1936年3月初版。因商务印书馆将《滕回生堂的今昔》一篇稿件丢失，仅收文11篇。原目：《一个戴水獭皮帽子的朋友》《桃源与沅州》《鸭窠围的夜》《一九三四年一月十八》《一个多情水手与一个多情妇人》《辰河小船上的水手》《箱子岩》《五个军官与一个煤矿工

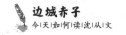
人》《老伴》《虎雏再遇记》《一个爱惜鼻子的朋友》。

1943年12月，开明书店出版本书改订本，《滕回生堂的今昔》仍付阙如。1983年5月，四川人民出版社印行《沈从文选集》时，始据原载刊物补入《滕回生堂的今昔》，共收文12篇。

《湘行散记》中散文名篇的"底本"，即沈从文写给妻子张兆和的私人信件，直到半个多世纪后才得以出版面世。1991年，沈从文的次子沈虎雏将父亲沈从文和母亲张兆和往来的信件进行整理、编辑，汇编为《湘行书简》，于次年由岳麓出版社出版。自此，读者朋友们才得以一窥这些信件的原貌，从自然流畅的文字中体悟到爱意的流动，也更能体会到沈从文浸润其中的对妻子、对湘西的深深情感。《湘行书简》共分为三部分：第一部分"引子"收入沈从文刚离开北平时张兆和写给他的3封信［《张兆和致沈从文（之一、之二、之三）》］；第二部分"沈从文致张兆和"以时间为序，收录了沈从文写给张兆和的34封信；最后的"尾声"部分则选取了沈从文回到北平后写给大哥的一封信（《沈从文致沈云六》），作为对此次湘西之行的总结。

读《湘行书简》，和沈从文一同归乡。坐在小小的船舱里,沈从文的心境随情境的变换而流转,在一条河上,在一只船上,一天连着一天,一封信接着一封信。长长的书信,描摹着长长的河流,记录下长长的心路历程。在沈从文的笔下,这条长河不仅是外部的情景,更是内心的体验,乃至生命的内核。他在顺着这条长河返乡,书写着长河上的人与景、船与歌,回忆着自己在这条长河上的生命体验和人生往事。在湘西之行中,沈从文看河、写水,更是在品味人生。

1934年1月12日,沈从文已经坐汽车到了桃源,遇到了"一个戴水獭皮帽子的朋友"曾芹轩。在他的陪同下,沈从文花15块钱雇了一条小船。晚上才上船,沈从文白天便留在卖酒曲子的人家,看他的朋友同当地人说一些野话,倒是有趣。从北平出发的时候,沈从文没带书,倒是带了一套彩色蜡笔,可以一路上画些东西,聊以打发时间。简家溪的楼子便是沈从文在13日画给张兆和的。

13日发了船,沈从文的文字便浸透了摇橹人好听的歌声,充满了欢愉的气氛,读来令人与之雀跃。坐在轻轻摇动的小船里,好似躺在摇篮中一般,把人摇得安眠,做一个平和的梦。在这种妙不可言的情境下,沈从文急于向妻子诉说这周遭的一切。这里的光景之美妙,是妻子在梦中都无法想象的那般美好,满眼都是绿树青山,水则清澈透亮,可以一眼望见水底的石子。这里的水手很能干,划了30多年的船,对这河道里的一

切无不知道，连河中有多少石头都清清楚楚；这里的饭很香很好吃，只是可惜忘了带点豆腐乳或是酱菜来；这里的狗都很友好，从不咬人，也不用担心梦里会被狗吓醒。总之，湘西的一切都是美的。

14日，寒冷的天气、马虎的饭食、行船的停泊以及对妻子的思念，让沈从文的心情不再如昨日一般灿烂，好似蒙上了一层薄薄的雾气，氤氲着淡淡的埋怨与浅浅的惆怅，百无聊赖。这样的糟糕情况对于水手们来说却不过是平常景象。他们依旧自得其乐，尽情说着野话来发泄坏情绪。无论在寒雪天气中，还是在烈日酷暑中，水手的生活都是一样的，他们为了一天两毛的工钱，从早到晚拼命地干着。船搁浅了、工钱被克扣了，他们不高兴便骂几句；遇上顺风扯篷、吃酒吃肉的好时光，他们高兴了便大笑起来。无论是身处顺境还是遭逢逆境，他们的身上总有一股劲儿，帮着他们渡过去，纯粹而又简单地生活着。这样的人物，对于从小生活在湘西的沈从文而言是十分熟悉的，他写了一段又一段关于湘西人的故事，写下他们身上的蛮与真。但他们这种充斥了嬉笑怒骂的单纯生活，对于沈从文而言，却又是那么陌生，是沈从文生活的对立面。

15日，天气愈发冷了，落下的雪都是有重量的，打在船篷上发出撒豆子一般的清脆声。落雪中，虽然天气依旧寒冷，手依旧冻得写不了字，但看到美丽的景色，沈从文的心情也变得美好起来：

> 我生平还是第一次看到这样好看地方的。气派大方而又秀丽，真是个怪地方。千家积雪，高山皆作紫色，疏林绵延三四里，林中皆是人家的白屋顶。我船便在这种景致中，快快的在水面上跑。我为了看山看水，也忘掉了手冷身上冷了。什么唐人宋人画都赶不上。看一年也不会讨厌。[①]

16日，行船预计明日就可以抵达辰州了。辰州之于沈从文，是一个充满回忆的地方。他当年参军时随湘军驻扎在辰州，在这里，他由小小少年成长为一名青年军人。如今，成家立业的沈从文在这条大河上回望十多年前的自己，心中充满了无限感慨。在他的回忆中，15岁的自己，孤单而又寂寞，只身一人，别无长物，只能随着大部队前进。前路迷茫，青年沈从文依旧怀揣着对未来的希望与抱负，但是却只能一个人寂寞地在这座小城中漫步，试图寻觅理想的踪迹。后来，他便在寂寂时光中度过了生命中无聊而又漫长的5年青春。当沈从文再次回到这里，再次重温往日的故事时，他的心中五味杂陈，千头

---

① 沈从文.过柳林岔//沈从文全集：第11卷.太原：北岳文艺出版社，2002：138.

万绪，不知从何说起。于是，16日这天，沈从文一直给妻子写信，写了8张信纸后，半夜依旧难以入眠，便又披衣起来写信，试图在文字中宣泄自己的情绪。

17日，沈从文的小船第一次遇险。这里的河水好像发火了，猛烈热情，想把人攫走一样。但这些危险，对弄船人来说就是家常便饭，他们靠水而生，明白水，懂得水的性子，决不让水把他们攫了去。对于急流，他们总有办法规避危险，即便万不得已要往那急浪里钻，他们也总有方法从浪里找到出路。危险终于过去，船上又响起了橹歌，声音典雅大气，同流淌的水声相互应和。在这条河上，沈从文明白了很多人生的道理：

> 我赞美我这故乡的河，正因为它同都市相隔绝，一切极朴野，一切不普遍化，生活形式生活态度皆有点原人意味，对于一个作者的教训太好了。我倘若还有什么成就，我常想，教给我思索人生，教给我体念人生，教给我智慧同品德，不是某一个人，却实实在在是这一条河。①

---

① 沈从文.滩上挣扎∥沈从文全集：第11卷.太原：北岳文艺出版社，2002：171-172.

这条故乡的河，就如同沈从文故乡的人，淳朴，简单，又带着一丝野性的蛮人气质。这条故乡的河，也如同沈从文人生的导师，宽广，渊长，教会他如何写作、如何生活。这条河，不是活生生的人，却也教会了沈从文太多太多，让他始终难以忘却，始终牢记故乡的长河。

18日，沈从文写给妻子的信件被整理成两篇文章——《横石和九溪》和《历史是一条河》，从中可以看出沈从文思想的流动。上九溪滩时，小船加了一个临时纤手，是一个白发老头，牙齿都已经脱落了，却为了一点点钱那么出力气去拉纤。沈从文十分疑惑，他不明白如此年迈的人还如此拼命，是为了什么。这样做的意义在哪里呢？湘西的人们好像大都是这样，从来不会去思考生存的意义，只是为了生存而生存。但很快，在下午的信件《历史是一条河》中，沈从文就彻悟了，否定了自己的疑问：

> 这些人不需我们来可怜，我们应当来尊敬来爱。他们那么庄严忠实的生，却在自然上各担负自己那分命运，为自己，为儿女而活下去。不管怎么样活，却从不逃避为了活而应有的一切努力。他们在他们那分习惯生活里、命运里，也依然是哭、笑、吃、喝，对

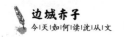
于寒暑的来临，更感觉到这四时交递的严重。①

沈从文站在船上看水，看历史一般的长河，也是在看人生，看湘西人的生命，更是在看自己。这条河流，告知了他若干年来若干人的哀与乐。18日，对于沈从文这趟湘西之旅，乃至他的人生命运来说，都是非常重要的一天，因此《湘行散记》中有一篇文章题为《一九三四年一月十八》，来铭记这非同一般的彻悟之期。

19日，小船离开辰州，抵达泸溪，离沈从文的家也越来越近。不仅天气转好，而且旅途顺利，沈从文的心情也愈发明快起来，他以一支素笔勾勒出泸溪的好风光："满江的橹歌，轻重急徐，各不相同又复谐和成韵。夕阳已入山，山头余剩一抹深紫，山城楼门矗立留下一个明朗的轮廓"②。此处不仅风光独好，小船上的人语声、小孩吵闹声、炒菜落锅声、船主问讯声等声声入耳，令他为之感动，不禁感慨这里全是诗，充满了诗情画意。

20日，沈从文到了浦市，转坐轿子，走了两天才于22日下

---

① 沈从文.历史是一条河 // 沈从文全集：第11卷.太原：北岳文艺出版社，2002：188.

② 沈从文.到泸溪 // 沈从文全集：第11卷.太原：北岳文艺出版社，2002：194.

午回到凤凰家中。回到家的沈从文，各处都是熟人，不是去拜访长辈朋友，便是接待亲戚客人们，日子琐碎。本是回家陪伴病中的母亲，沈从文反倒被这些家务琐事占去了大半的时间，这让他很不舒畅。他感觉故乡的一切都变得和从前不一样了，这让他感慨万千，难掩心中不快。

26日，沈从文陪母亲过生日，27日就踏上了返回北平的旅程，于半月后至北平家中。

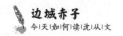

是散文，也是小说

1947年9月10日，沈从文在写给张白的信中，曾谈及《湘行散记》这部作品的创作手法："最近见天津《大公报·星期文艺》常载邢楚均先生有关西南地方性故事，用屠格捏夫写《猎人日记》方法，揉游记散文和小说故事而为一，使人事凸浮于西南特有明朗天时地理背景中。一切还带点'原料'意味，值得特别注意。十三年前我写《湘行散记》时，即具有这种企图，以为这种方法处理有地方性问题，必容易见功。但作者一支笔若不能好好控制运用，在文格上见不出如何长处，又对人事景物描写若缺少敏锐感觉时，也不易有何特别效果。这么写无疑将成为现代中国小说一格，且在这格式中还可望有些珠玉发现。"① 沈从文的散文不仅数量丰富，而且艺术造诣颇深，以通俗浅白的言语将写景、抒情、叙事完美融合，如繁星点点，

---

① 沈从文.一首诗的讨论 // 沈从文全集：第 17 卷.太原：北岳文艺出版社，2002：461—462."屠格捏夫""猎人日记"，今通行译法为"屠格涅夫""猎人笔记"。

闪烁在中国文学的天幕之中。《湘行散记》不同于我们常见的单一叙事抒情小品，沈从文以散文小说化的形式将生活中的点滴娓娓道来，使之既不失散文的抒情性，又增添了小说的叙事性，于和缓平淡中显露出人生的跌宕起伏，凸显出独特的艺术风格，堪称中国现代散文史上的典范之作。

屠格涅夫的《猎人笔记》

《猎人笔记》是俄国作家屠格涅夫的随笔集，由25个短篇故事组成。作品采用见闻录的形式，以一个猎人的行猎为线索，描绘了一幅幅奇特秀丽的俄国自然风光图，塑造了地主、管家、医生、知识分子、农民等诸多人物形象，真实地展现了农奴制背景下外省城乡各阶层人民的生活风貌。屠格涅夫的语言简练又不失生动，真实地再现了农奴制度下人民生活的艰苦，以及他们对美好生活的追求与向往。

在《猎人笔记》中，屠格涅夫采用了跨文体的创作手法，不拘于小说、散文、诗歌的具体范式，其散文化小说、诗化小说的创作手法对俄罗斯文学乃至世界文学产生了很大的影响，沈从文即是其追随者。

《湘行散记》以自然山水景色作为铺陈的背景，在明朗天地间聚焦人事、点染人生。沈从文用于自然山水的笔墨并不多，但仅轻点几点，便在横竖撇捺间渲染出山之神、水之韵，风华激荡。因观察视角的不同，沈从文笔下的山形水势亦随之变迁。这儿的山尽展灵秀之姿："天气转晴，日头初出，两岸小山作浅绿色，山水秀雅明丽如西湖。"① 那儿的山则一派奇峻："两岸高山则直矗而上，如对立巨魔"②。与"山"的描写相比较，沈从文更亲近"水"。他不愧被称赞为"水边的抒情诗人"，翻开纸页，触目皆是"水"的姿态。或温柔："只有船底的水声，轻轻的轻轻的流过去，——使人感觉到它的声音，几乎不是耳朵却只是想象。"③ 或湍急："白浪从船旁跑过快如奔马……人一下水后，就即刻为水带走了。在浪声哮吼里尚听到岸上人沿岸喊着……"④ 不论山水是何种姿态，都与沈从文笔下的湘西人物或野蛮或真淳的性情相契合，他们的形象是丰满的、立体的，高贵与低贱并存，伟大与渺小同在，优雅与野蛮相融，展现出边地人民的生机与活力。沈从文在《一个戴

---

① 沈从文.一九三四年一月十八 // 沈从文全集：第11卷.太原：北岳文艺出版社，2002：251.

② 沈从文.一个多情水手与一个多情妇人 // 沈从文全集：第11卷.太原：北岳文艺出版社，2002：259.

③ 沈从文.辰河小船上的水手 // 沈从文全集：第11卷.太原：北岳文艺出版社，2002：270.

④ 同① 250.

水獭皮帽子的朋友》中塑造了一位有血有肉的"妙人"：他热爱书画，懂得鉴赏，常常一语中的，却偏偏爱说野话，文化水平低下，常用野蛮的字眼儿去品鉴画作；他长相端正，身量高挑，乍一看是个体面人，却偏偏喜欢同人打架，不是打得别人鼻青脸肿，就是被打得满身血污，到了30岁性情又突然柔和下来了，谦和待人；他天真烂漫，又老于世故，人们对于他的评价是十分极端的，有人说他好，有人骂他坏，但只听一面都是不准确的，只有将人的多面融合起来看，才能看到一个立体鲜活的人来。

《湘行散记》是散文，也是小说，是沈从文跨文体创作的艺术尝试。一般来说，散文偏重抒情，较少叙事，但沈从文的湘西散文有很强的故事性，充满了波澜起伏，读来具有很强的趣味性。沈从文在《湘行散记》中以游览的时空为序，记载了返乡途中的所见所闻。沈从文在1934年1月12日抵达桃源，故事也便由此开始了，"我由武陵（常德）过桃源时，坐在一辆新式黄色公共汽车上"[1]，在这里"我"遇到了《一个戴水獭皮帽子的朋友》，也以一双眼、一支笔记录下《桃源与沅州》的风土人情。行船沿河往西南去，1月16日晚泊船于鸭窠围，《鸭窠围的夜》很冷，也很安静，"我"静静地看着船上水手

---

[1] 沈从文.一个戴水獭皮帽子的朋友//沈从文全集：第11卷.太原：北岳文艺出版社，2002：223.

与岸上人的生活一景，听他们的欢闹声与咒骂声，听若干年始终漂荡在水上的声音。《一九三四年一月十八》是"我"抵达辰州的一天，是"我"顿悟的一天，是需要郑重记录的一天。在浩浩汤汤的辰河上，"我"遇到了《一个多情水手与一个多情妇人》，牛保淳朴良善，夭夭浪漫自由，他们的生活中充满了哀乐。自从离开了那个戴水獭皮帽子的朋友以后，"我"已经独自一个人过了10天，遇到了3个《辰河小船上的水手》，他们的年龄、性格、阅历都不相同，但他们都精悍结实，同世间的磨难相战斗，为着生活而努力。过了泸溪县，便到了《箱子岩》，15年前的过往同眼前的一切重合起来了，历史与现实汇入同一条河流。此后的《五个军官与一个煤矿工人》《老伴》《虎雏再遇记》《一个爱惜鼻子的朋友》和《滕回生堂的今昔》，便是顺着返家的旅程一路写下去，故事的脉络延续在篇与篇之间，连成了一条完整的、连贯的返乡故事线。

《湘行散记》不仅在整体上具有小说的特点，具体的篇章之间同样体现出小说情节的生动性与喜剧性，牵动人心。读《湘行散记》中的一篇《一个多情水手与一个多情妇人》，难免让人想起沈从文的短篇小说《柏子》。两篇作品都是关于水手与妇人的不伦之情的。《柏子》讲述了水手与妇人一次难得的相会，二人间的激情会面与苦难经历，让人心动又心酸。在《一个多情水手与一个多情妇人》中，沈从文叙说了一个多情水手与一个多情妇人的故事：水手牛保与妇人离别时的恋恋不舍，妇人夭夭对情郎的眷念。水手牛保和吊脚楼上的妇人依依不舍地道别，他们之间的道别不是"执手相看泪眼"的细腻缠绵，也不是"冬雷阵阵夏雨雪"的激情热烈。他们粗俗而又直接，甚至骂着粗话，夹杂着威胁与责备，但他们始终捧着一颗真心，真心实意地为对方好。沈从文记录了这样一件小事：水手牛保和妇人道别回到船上后，将妇人给他的核桃送给"我"，"我"随手把四个烟台苹果作为回礼送给牛保。牛保立马带着新得的苹果飞奔下船到岸上去，将苹果献给吊脚楼上的妇人。沈从文寥寥几笔便勾勒出湘西人身上的浪漫色彩，于日常小说中点染出两对情人之间的深情厚谊，但我们同样无法忽略命运置于他们头上的枷锁。泊船后，"我"又遇到了那个多情的妇人——夭夭。夭夭只有19岁，却嫁给了年过50的老烟鬼。夭夭虽不是自由身，却有自由心，她在言语间不断打听情人那条船的消息。这份互相眷恋慰藉的情感，让"我"琢磨到了命运的苦味，但"我"也明白自己不应该也不配用金钱等物质的手段来打乱他们生活的节奏和平衡。沈从文没有花费大量的笔墨去写他们生活的不易与艰辛，而是将重点放在了"多情"二字上。水手与妇人间的情谊，虽萦绕着淡淡的忧愁，但始终是神圣纯真的，不为庸碌世俗所扰，这也是沈从文理想的人伦生态，是他构建的理想的湘西世界的重头部分。《湘行散记》中的另一篇《老伴》，讲述了沈从文从军生涯中一个极为要好的朋友的故事。故事的主人公开明作为成衣人的独子，却没有继承家业的打算。开明心怀大志，为了实现当上副官的理想，13岁的年纪就外出当兵，即便受了一些苦难，也没有放弃当兵的理想。天不遂人愿，开明的副官梦随着军队的覆灭而破碎，然而这个转折也让他如愿实现了另外一个目标——迎娶绒线铺的小翠。17年后，"我"故地重游，再次遇到了小翠与开明。无目的的生活同鸦片一般摧毁了开明的生活，过去的理想与斗志被生活的鸡毛掩埋，他成了一个浑浑噩噩、庸庸碌碌的"老人"，小翠则变作了开明的女儿。"我"不禁感叹时间的威力、历史带给人的惆怅。沈从文的散文有故事，有抒情，更有人生的哲理。

破体为文，古已有之。沈从文在《湘行散记》中将散文文体与小说文体的创作笔法融为一体，在散文的抒情中忆人生往昔、叹岁月之变迁，在小说的叙事中展现命运的起伏、人生的哀乐，二者汇流，尽显生活真淳。

回不去的文学故乡

沈从文在桃源雇了一条小船，沿沅水返乡。这条大河上流淌着沈从文太多的人生记忆和生命体验，一路行船，一路观看，由不得他不感慨万千、浮想联翩，毕竟这条河和他过去的生命紧密联结。看着水上的人与事，他不禁恍惚，时间仿佛凝结了，他似乎还是十年前那个少年。

眼前的山山水水，依旧清雅秀丽，牵动人的心肠；耳边的水声人语，依旧热闹非凡，温暖了他的心窝。生活在湘西的人依旧是历史中的人，仿佛百年来从未改变，他们永远自由，张扬着个性，绽放着生机，即便生活艰苦，也从不放弃生之坚强，展现出生而为人的力量。在湘西这块神奇的土地上，沈从文处处感受到了生命的劲力。在浩瀚的历史长河中，湘西人求生的生命本能从未更改。水手是沈从文作品中重要的人物形象，他们的身上，体现了人为生存而挣扎努力的坚强，如柏子；体现了湘西乡下人的淳朴简单，如天保和傩送。而这些活灵活现的水手的形象塑造都来自沈从文真实的生活，来自他日常生活中司空见惯的人。沈从文在《辰河小船上的水手》中就详细介绍了船上水手们的工作和生活。他们为了生存，皆努力地付出自己的力气，掌舵的一天挣八分钱，拦头的作为船上的主力，一天也只有一角三分钱，至于小伙计则更为可怜，一天辛苦只为了一分二厘。为了挣得辛苦钱，不论天气好坏，他们都披星戴月地划着一艘小船；无论冬夏冷暖，需要跳水的时候，他们便即刻跳到水里去。他们在能用力气的时候拼命地干着，从不吝于花力气去干活，即便是已过古稀之年的老人也在河边等待着一个花力气的工作，为了多挣几分钱而跳脚。在沈从文的笔下，还有另一类独特且值得关注的人物，她们是为生存而努力经营的妓女，如《丈夫》中沉默隐忍的老七、《柏子》中热情似火的妇人。这项古老的职业早在郡县制度确立之前就已经产生了，甚至影响了很多湘西人的生活；这些妓女们不仅征服了来来往往的过路人，还促进了当地的经济发展，因此连当地的县长都默认了妓女营生的存在。这些妓女们为了自己和家人们的生存，有的十三四岁便出来做"生意"了，有的到了50岁还要同小姑娘们一样参与生活的斗争。为了谋生，她们从不止息地经营着自己的身体，可又不舍得好好善待自己的身体，病重了才随便抓几服药糊弄自己。直到病倒了，没有任何希望可言了，她们便被躺在薄薄的板片中，死后往土里一埋，潦草结束了一生。无论是水手还是妓女，无论是男女老少，他们都想尽一切办法努力地生存着；为了求生，他们付出了自己的力气、自己的身体，甚至自己的生命。他们从不逃避，从不放弃，只是求生。

【经典品读】

《湘行散记》中关于柏子的叙述

许多人都陆续回到船上了，这人却没有下船。我记起"柏子"。但是，同样是水上人，一个那么快乐的赶到岸上去，一个却是那么寂寞的跟着别人后面走上岸去，到了那些地方，情形不会同柏子一样，也是很显然的事了。

——《鸭窠围的夜》

一条长长的河街，在那里可以见到无数水手柏子与无数柏子的情妇。

············

想起再过两点钟，小船泊到泥滩上后，我就会如同我小说写到的那个柏子一样，从跳板一端摇摇荡荡的上了岸，直向有吊脚楼人家的河街走去，再也不能蜷伏在船里了。

——《一九三四年一月十八》

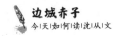

湘西的人不仅有为生存而努力的本能，也有天生多情的灵魂，他们在平淡艰苦的日子中张扬着生命的原始活力。在《一个多情水手与一个多情妇人》中，沈从文刻画了湘西妇人夭夭自由多情的性格特点。夭夭不过才19岁的年纪，却嫁给了一个50多岁的老烟鬼，且被迫当了妓女，只要有人出钱，老烟鬼便会出卖夭夭的身体。虽然老烟鬼用名分束缚住了夭夭的身体，然而夭夭爱自由的那颗心却无所拘束。水手牛保同样如此，他不在乎别人的闲言碎语，只是一门心思地对妇人好，试图将自己的所有献给那同样多情的妇人。湘西人自然的情感本能让沈从文感到心底一阵柔和，他在城市中生活得太久了，很久不曾感受到湘西人热情又纯粹的情感了，他为之雀跃，为之欣喜，也为城市人情感本能的逐渐缺席而忧愁。

【经典品读】

《一个多情水手与一个多情妇人》中
沈从文对于人生的思考

到后来谈起命运，那屋主人沉默了，众人也沉默了。各人眼望着熊熊的柴火，心中玩味着"命运"两个字的意义，而且皆俨然有一点儿痛苦。

我呢，在沉默中体会到一点"人生"的苦味。我不

> 能给那个小妇人什么，也再不作给那水手一点点钱的打算了，我觉得他们的欲望同悲哀都十分神圣，我不配用钱或别的方法渗进他们命运里去，扰乱他们生活上那一分应有的哀乐。
>
> 　　下船时，在河边我听到一个人唱《十想郎》小曲，曲调卑陋声音却清圆悦耳。我知道那是由谁口中唱出且为谁唱的。我站在河边寒风中痴了许久。

　　历史的车轮滚滚向前，湘西人身上凝结着永恒的本能和特质，却同样不可幸免地为历史的风起云涌所裹挟。时代的浪潮正在席卷着湘西，外面的世界正渗透进这个安宁的世界，战争、纷乱、鸦片和现代化的城市生活方式等不速之客一步步入侵了乡土湘西的传统社会，不仅改变了湘西的自然社会状况，也让湘西人的生活方式与生命观念发生了天翻地覆的变化。沈从文十年后返乡，发现各式品类不同的店铺纷纷卖起了鸦片烟，看到太多年轻时的朋友因为战争、鸦片等溃烂了灵魂，逐渐走向衰老与庸俗，这一切让沈从文为之痛心。在《一个爱惜鼻子的朋友》里，沈从文以前后对比的手法凸显了他年轻时的朋友印瞎子的变化。印瞎子具有鲜明的性格特征，年轻时对自己的鼻子洋洋得意，坚信自己一定会出人头地，成为人人称赞的英雄。这时候的他，张扬着青年人不羁的生命活力和傲视万物的自信力，勇敢追求远大的志向，从不为他人的闲言碎语所扰。然而，时过境迁，当沈从文再一次见到他时，印瞎子早就丧失了对生活的热情，也丧失了对鼻子的信仰，不再执着于追寻理想，不再渴望成为人中龙凤。他沉湎于鸦片之中，贪图眼前短暂的欢愉，任身心颓废枯萎。然而，此时的印瞎子其实还不到30岁，正当壮年便被外界的侵袭消磨了意志。《箱子岩》里的跛脚什长同样如此，十几年前还是一个蹦蹦跳跳的孩子，可是一场战争过去，他不仅失掉了一条腿，也丢掉了质朴淳真的心灵，以伤兵的名义做烟土走私生意。沈从文对此十分痛恨，认为这跛脚什长是一个影响湘西人整体纯洁灵魂的人物。但即便如此，沈从文的心中仍存了一份幻想，希望可以在历史中涤净他被污染了的灵魂，毕竟"生硬性痼疾的人，照旧式治疗方法，可用一点点毒药敷上，尽它溃烂，到溃烂净尽时，再用药物使新的肌肉生长，人也就恢复健康了"[1]。沈从文仍幻想着湘西有一天可以恢复成记忆中的境况，或者说是如同他在理想中构筑的世界一般。但那美好如世外桃源般的湘西，终究只能停留在他的记忆中，他终究回不去他的文学故乡了。

沈从文一边走，一边思考，思考历史的走向，思考人之

---

[1] 沈从文.箱子岩//沈从文全集：第11卷.太原：北岳文艺出版社，2002：282.

何以为人，思考生命的意义与价值。他的故乡——湘西，无论"变"或"不变"，无疑都成全了沈从文，赋予他灵感的源泉与思考的空间。

【我来品说】

> 1. 你认为《湘行书简》与《湘行散记》之间有哪些不同之处？
>
> 2. 你如何理解沈从文的"回不去的文学故乡"？

第五章

《长河》：乡村文明的一部挽歌

------------------------------ 导 读 ------------------------------

　　如果说沈从文在《边城》中所描绘的是"过去湘西是什么样子"，那么《长河》讨论的就是湘西在外来文明冲击下所面临的现实问题：辰河边上的码头吕家坪也摆脱不了1936年中国社会巨大变动的辐射。山雨欲来，湘西在现代文明的冲击下会面临什么样的命运呢？让我们一起走进《长河》。

《长河》是沈从文1938年创作于昆明的一部长篇小说。实际上，在沈从文1934年回湘探亲的时候，他就已经开始酝酿《长河》的写作计划，在《边城》的题记中也有沈从文对写作《长河》的"预告"："我并不即此而止，还预备给他们一种对照的机会，将在另外一个作品里，来提到二十年来的内战，使一些首当其冲的农民，性格灵魂被大力所压，失去了原来的朴质，勤俭，和平，正直的型范以后，成了一个什么样子的新东西。他们受横征暴敛以及鸦片烟的毒害，变成了如何穷困与懒惰！我将把这个民族为历史所带走向一个不可知的命运中前进时，一些小人物在变动中的忧患，与由于营养不足所产生的'活下去'以及'怎样活下去'的观念和欲望，来作朴素的叙述。"[1] 在这里所说的"另外一个作品"，就是我们今天要说的这部《长河》。

---

　　[1] 沈从文.边城·题记//沈从文全集：第8卷.太原：北岳文艺出版社，2002：59.

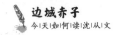
命途多舛的半部《长河》

对于这部酝酿已久的作品，沈从文可谓投入了相当多的精力和心血，就像他在给大哥沈云麓的家书中所写的那样："最近在改《长河》，一连两个礼拜，身心都如崩溃，但一想想，这作品将与一百万或更多读者对面，就不敢不谨慎其事。"①但就是这样一本沈从文如此看重的书，这样一本计划写给"一百万或更多读者"的书，却只写了短短十几万字就戛然而止，只留下半部《长河》的断章，留下了深深的遗憾，就连沈从文的表侄黄永玉也曾这样感叹道："写《长河》的时候，从文表叔是四十岁上下年纪吧？为什么浅尝辄止了呢？它该是《战争与和平》那么厚的一部东西啊！照湘西人本分的看法，这是一本最像湘西人的书。可惜太短。"②

究竟是出了什么"特别的事"，使《长河》只完成了第

---

① 沈从文.致沈云麓//沈从文全集：第18卷.太原：北岳文艺出版社，2002：402.

② 黄永玉.这些忧郁的碎屑.北京：三联书店，2003：50.

一卷？为什么在相对安定的环境中，"这位很能集中的人分了心"①？最初《长河》作为约8万字的中篇在香港《星岛日报·星座》副刊发表时，"即被删节了一部分，致前后始终不一致"②。对于这种结果，沈从文并不甘心，于是1941年，沈从文又对《长河》重加改写，并分为11个篇章，准备再给内地的报刊发表。然而没想到的是，这次的发表竟然比在香港更加困难，最后呈现出来的面貌也更加破碎。从1938年起，国民党为控制舆论，发布了《战时图书杂志原稿审查办法》，并且专门设置了一个战时新闻检查局，对报刊进行严格的检查，删减甚至扣押不发更是常见的事。在这样的政策下，沈从文重写的《长河》，11个篇章中只有4个得以在当年的报刊上刊出。就这样，沈从文对《长河》雄心勃勃的写作计划流产了。这里面的原因是很复杂的，或许是因为沈从文在战乱中的颠沛流离，或许是因为出版审查制度的干扰，历史的复杂性远远超乎我们的想象，今天我们也很难给这个问题一个明确的答案。但就是这样命途多舛的半部《长河》，意外地造就了一种独特的断章式特点，值得我们特别关注。

与沈从文以往的小说相比，《长河》有明显的变化，主

① 黄永玉.这些忧郁的碎屑.北京：三联书店，2003：51.

② 沈从文.长河·题记//沈从文全集：第10卷.太原：北岳文艺出版社，2002：7.

要体现为《长河》的叙事不再围绕着一个主导性的情节或者事件，反而显得有些零碎。故事发生在1936年辰河边上的码头吕家坪。蛮横无理、诡计多端的保安队长以买橘子为名，想对橘子园的主人滕长顺进行压榨和诈骗，而且看上了他的女儿夭夭。夭夭的哥哥三黑子回来之后，听说家里遭到的欺压和讹诈，立刻"火气上心"，一场冲突蓄势待发。而另一边，要开展"新生活运动"的消息也传到了小小的吕家坪，对于这场外来的风波，大家都陷入极度不安之中，不知道如何应对。就是这样一个简单的故事，沈从文却把它溶解在"人与地""秋（动中有静）""橘子园主人和一个老水手""吕家坪的人事""摘橘子""大帮船拢码头时""买橘子""一有事总不免麻烦""枫木坳""巧而不巧"和"社戏"这11个篇章里，很难说谁是主角，或者说人人都不是主角，但人人又都是主角：橘子园的主人滕长顺、看祠堂的老水手、活泼天真的夭夭、勇敢正直的三黑子……他们各自碎片化的经历和故事共同构成了整个诗意化的叙事。因此，《长河》的"断章"并没有给故事的发展带来某种断裂的感觉，它辗转开来的是情绪和印象的组合，反而呈现出一种诗意。因为战乱，《长河》没能完整地被沈从文创作出来，那些没有完成的部分和那些没有详细展开的情节，成为小说的潜文本或召唤结构，留给读者无尽的想象。正是在这个意义上，"断章"反而让《长河》成为一个开放的文本。

那么，对于这样一部特殊的小说，应该怎么去读呢？我认为，可以从"常"与"变"、"人"与"情"几个角度走进《长河》。

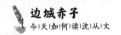

长河边的"常"与"变"

沈从文在《长河》的题记中这样交代写作的背景："用辰河流域一个小小水码头作背景，就我所熟习的人事作题材，来写写这个地方一些平凡人物生活上的'常'与'变'，以及在两相乘除中所有的哀乐。"① 由此看来，描写平凡人物的"常"与"变"是解锁《长河》的第一个重点。

那么什么是"常"？什么又是"变"呢？从《边城》到《长河》，沈从文好像变了，又好像没变。没变的是，他依然写着自己熟悉的湘西世界，湘西民众生活方式、习俗信念也呈现出一种不变的稳定性。正如沈从文在"人与地"一章中所概括的："人在地面上生根的，将肉体生命寄托在田园生产上，精神寄托在各式各样神明禁忌上，幻想寄托在水面上，忍劳耐苦把日子过下去。"② 我们甚至可以在《边城》和《长河》里

---

① 沈从文.长河·题记//沈从文全集：第10卷.太原：北岳文艺出版社，2002：6.

② 沈从文.长河//沈从文全集：第10卷.太原：北岳文艺出版社，2002：12-13.

面找到一些相似的人物设定，比如说翠翠和夭夭、祖父和老水手等。但是，我们又能明显地感觉到《长河》里的湘西不再是《边城》里的湘西了。在《长河》的开篇，沈从文就通过一声声"新生活运动"的口号将千百年来处于"常态"中的吕家坪卷入外部世界带来的风波之中，湘西不再是偏远孤立、在审美上自给自足的封闭空间。吕家坪位于辰河中部，有公路、码头，无论是水运还是陆运，它都和一个更大世界的变动联系在了一起。它开始躁动了、开始变化了。

在第一卷的"人与地"里，沈从文就用一个"卖橘子"的细节写出了湘西生活的"变"：原先陌生人路过橘园，想要买橘子的话，得到的回答一定是不卖。但是，"不卖"不代表"不许吃"："乡亲，我这橘子卖可不卖，你要吃，尽管吃好了。这水泡泡的东西，你一个人能吃多少？十个八个算什么。你歇歇憩再赶路，天气老早咧。"①这样一个细节，就体现出了湘西民风淳朴的特点。但是，紧接着，沈从文笔锋一转，给出了"只许吃不肯卖"的另外一个理由："出橘子地方反买不出橘子，实在说原来是卖不出橘子。有时出产太多，沿河发生了战事，装运不便，又不会用它酿酒，较小不中吃，连小码头都

---

① 沈从文.长河//沈从文全集：第10卷.太原：北岳文艺出版社，2002：11.

运不去，摘下树后成堆的听它烂掉，也极平常。"① 战乱影响了橘子外运，橘子积压太多，不值钱也不好卖。表面上沈从文在这里谈论的是橘子的买卖，但实际上写的是战争给宁静的湘西生活带来的改变和蒙上的阴影。

这种变化还体现为《长河》中出现的大量"新的事物"，比如说现代传媒方式。《申报》作为一个连接外界的消息渠道，在《长河》中频频出现。通过《申报》，外面的国家大事、社会新闻涌入了平静的湘西。但是接收消息不代表了解这些消息，对于《申报》上的种种言论，湘西人民有些无所适从，当这些代表了外来的、现代的、文明的信息传入传统的乡土社会时，一种价值上的序列便悄悄产生了。小说中一个形象生动的细节显示了这一事实，那就是会长和伙计办事时谈到新生活和战争要来的话题，会长和管事、伙计们的说法和意见不统一，会长马上提到了《申报》："我看报，《申报》上就不说起这件事情。影子也没有！"② 在这里，《申报》作为现代资讯媒体，拥有裁决是非、判定对错的权威，很快大家不再有异议。这与其说是传统的会长对伙计们的权力压制，还不如说是现代对传统的压制和颠覆。

---

① 沈从文.长河//沈从文全集：第10卷.太原：北岳文艺出版社，2002：11.

② 同①62.

　　"新生活"作为一个在《长河》中出现了50多次的"新概念"，对湘西的冲击和影响则更加大。小说一开始，当大家私下讨论新生活运动的时候，大家表现得都十分恐惧："妇人把话问够后，简单的心断定'新生活'当真又要上来了，不免惶恐之至。她想起家中床下砖地中埋藏的那二十四块现洋钱，异常不安，认为情形实在不妥，还得趁早想办法，于是背起猪笼，忙匆匆的赶路走了。两只小猪大约也间接受了点惊恐，一路尖起声音叫下坳去。"[1] 这种恐慌主要来自前几年的一场运动，有军队来吕家坪杀人放火，无恶不作，这导致大家对"运动"二字感到十分害怕，担心惨剧再次上演，因此当这次"新生活运动"的消息传来时，大家的恐惧已经越来越深，再加上一些人添油加醋，一时间谣言四起，"新生活运动"被塑造成一种洪水猛兽般的东西让人害怕。在这里，"新生活"究竟是什么已经不再重要，它俨然已经变成了乡间舆论中的一种想象和变形。这也从侧面说明，国民党所提出的"新生活运动"，是政治战略的产物，群众对它充满了隔膜，难以形成共识，更难以实行。就像沈从文借乡民们之口对"新生活"所嘲弄的那样："譬如走路要向左，衣扣得扣好，不许赤脚赤背膊，凡事要快，要清洁……如此或如彼，这些事由水手说来，不觉得

----

　　① 沈从文.长河//沈从文全集：第10卷.太原：北岳文艺出版社，2002：27.

危险可怕，倒是麻烦可笑。请想想，这些事情若移到乡下来，将成个什么。走路必向左，乡下人怎么混在一处赶场？不许脱光一身，怎么下水拉船？凡事要争快，过渡船大家抢先，不把船踏翻吗？船上滩下滩，不碰撞打架吗？事事物物要清洁，那人家怎么做霉豆腐和豆瓣酱，浇菜用不用大粪？过日子要卫生，乡下人从那里来卫生丸子？纽扣要扣好，天热时不闷人发痧？"①

"新生活运动"：1934年2月由蒋介石亲自倡导、发起的一场"文化复兴运动"，持续长达15年，1949年随着国民党政府的溃败而结束。"新生活运动"以"礼义廉耻"为准则，从改造国民的"食衣住行"等日常生活入手，实现国民生活的"三化"即"军事化、生产化、艺术化"。重整道德，安内攘外，确立威权，是"新生活运动"的终极目标。"新生活运动"的开展是由城市逐渐推广到乡村。在《长河》中，常德等城市中已然开展的"新生活运动"还未波及吕家坪及其周围的农村。

---

① 沈从文.长河//沈从文全集：第10卷.太原：北岳文艺出版社，2002：56.

值得一提的是，沈从文将湘西的这一变动置于抗日战争的历史语境中，这使其品格得到了进一步的升华。在民族救亡的紧要关头，"一村子里人认为最重大的事情，政治方面是调换县长，军事方面是保安队移防，经济方面是下河桐油花纱价格涨落，除此以外，就俨然天下已更无要紧事情"①，对于抗敌的态度更是麻木："听人说兵向上面调，打什么鬼子？鬼子难道在我们湘西？"②从这些描写中，我们不难感受到沈从文对边地人民"哀其不幸，怒其不争"的复杂情感。这也说明沈从文想要描写的不仅仅是一个世外桃源，他始终怀有对国家和民族的忧虑和关注。在沈从文的反思中，以前稳定的乡村传统秩序和文明也开始走向崩落，淳朴的人性日益衰落。现代文明重造了历史，但也改变了人；社会或许更发达，但是淳朴的人却走向了堕落。在《长河·题记》中，沈从文慨叹进入现代的20年来湘西社会的变化："表面上看来，事事物物自然都有了极大进步，试仔细注意注意，便见出在变化中那点堕落趋势。最明显的事，即农村社会所保有那点正直素朴人情美，几几乎快要消失无余，代替而来的却是近二十年实际社会培养成功的一种唯实唯利庸俗人生观。敬鬼神畏天命的迷信固然已经被常识所摧

---

① 沈从文.长河//沈从文全集：第10卷.太原：北岳文艺出版社，2002：88.

② 同①97.

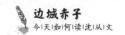

毁，然而做人时的义利取舍是非辨别也随同泯没了。"① 比如，老水手在村子里宣布他听说的传闻，但得到的却是乡亲们"造谣"的回应，以及孩子的辱骂，这里人与人之间的疏离以及传统人情中长幼伦理的失调都隐隐地折射出传统文明正在失落。在21世纪的今天看来，乡土中国的"常"与"变"不仅是有价值的文学话题，还是伴随乡土中国的现代转型的社会话题。

① 沈从文.长河·题记//沈从文全集：第10卷.太原：北岳文艺出版社，2002：3.

长河里的"人"与"情"

　　当湘西不可避免地迎来时代赋予的巨大变化的时候，首先被改变的就是这片土地上的"人"与"情"。

　　《长河》里塑造的人物是非常多的：第一类就是沈从文最擅长写的，也是在其他小说中多次出现的善良、淳朴、灵动的山里人。这里以老水手、夭夭、三黑子等人为代表。这一类人物在面临风云变幻之时，不仅镇定从容，而且充满了一种乡下人的勇敢与智慧。比如老水手，面对纷杂政治引发的时局急剧变化，他不急不躁，并表示："慢慢的来吧，慢慢的看吧，……有一天你看老子的厉害！"[①] 虽然言语中透露着一种反抗的精神，但这种抗争不是爆裂的，而是那么从容、自信地在老水手的心里生长着。夭夭更是一个与《边城》中的翠翠很像的人物，仿佛是沐浴着阳光、迎着山风，汲取天地之精华长大的。这种纯真、质朴让她在面临保安队长的霸凌时，也能够淡

---

　　① 沈从文.长河//沈从文全集：第10卷.太原：北岳文艺出版社，2002：106.

然处之，"只觉得面前一个唱的说的都不太高明，有点傻相，所以也从旁笑着"①，让保安队长碰了一鼻子灰，落得个自讨没趣的下场。面对未来不可知的变动，她更体现出一种天真的淡然，坚信只要"老百姓不犯王法，管不着，没理由惧怕"②。

第二类是以往沈从文湘西小说中较少出现的，包括驻守吕家坪镇的保安队长，还有师爷、副爷等诸多小官小吏。他们不仅在乡里横行霸道，还对百姓们进行经济上的盘剥和欺压。比如上文提到的保安队长，因为曾经在省里中学念过书，便自视甚高，他带着师爷前往滕长顺的橘子园，美其名曰是为了"卖橘子"，但实际上是想空手套白狼，拿别人的东西去挣钱，被拆穿之后，恼羞成怒地扬言要"派人来砍了你的橘子树"③。他们是摧残人性的社会恶势力的走卒，体现着失却了本质中的素朴纯真，被吞噬或是扭曲变形了的人性。

第三类是以橘子园主人滕长顺和商会会长为代表人物的"乡绅"。他们"一面由于气运，一面由于才能"④，靠自己诚实的劳动，辛苦一辈子换来了相对殷足的生活，也因为"为人

---

① 沈从文.长河∥沈从文全集：第10卷.太原：北岳文艺出版社，2002：152.

② 同①.

③ 同①112.

④ 同①42.

义道公正"而被乡亲们敬重，拥有一定的社会地位和话语权。但这并不代表他们的处境能有多好，比如小说里的商会会长，既要维护乡民们的利益，也要应付各级小官吏、驻防保安队的无理要求。这让他们不得不常常曲意逢迎，忍气吞声，以换得一时的安宁。比如在"卖橘子"风波中，即便拆穿了保安队长的阴谋，滕长顺也不敢激烈反抗，最后以滕家送给队长十担橘子算作赔礼道歉而息事宁人。这类人虽然正直，但面对地方上的势力和强权，往往体现出一种消极妥协的倾向。

还有一类就是所谓的"读书人"，受过省城新式的教育，不是追求时髦剪了头发，就是去追求"衣襟上插自来水笔"的女教员。他们全然忘了在家的父亲是如何勒紧了裤腰带供他们上学，眼睛好像都长到头顶上来了，看什么都不太顺眼；而父母呢，也自觉没有文化，在儿子面前都不免小心翼翼。传统的人伦秩序在"文明"的冲击下都变了味儿。这一类人往往还眼高手低，怀抱着理想要改造社会，但当"梦想的大时代"来了，又适应不了，只能逃到外省去，或者被军警和乡绅称为"反动分子"。

《长河》里乡下人的生活哲学

在外飘流运气终是不济事，穷病不能支持时，就躺到一只

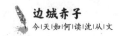

破旧的空船中去喘气,身边虽一无所有,家乡橘子树林却明明
爽爽留在记忆里,绿叶丹实,烂漫照眼。于是用手舀一口长流
水咽下,润润干枯的喉咙。水既由家乡流来,虽相去八百一千
里路,必俨然还可以听到它在河岸边激动水车的呜咽声,于是
叹一口气死了,完了,从此以后这个人便与热闹苦难世界离
开,消灭了。

通过对各个阶层人物的描写,我们可以看出沈从文已经不
再像在《边城》中那样塑造人性之美、自然之美的神圣光环,
而是把眼光更多地投射到人民的现实生活和苦难困境中。对地
方强权的批判,对教育道德的讽刺,对社会问题的揭露——沈
从文无论是心境还是笔调都开始变得沉重,就像他在写作《长
河》的同时,给妻子写的信记录的那样:"夜已沉静,然而并
不沉静。雨很大,打在瓦上和院中竹子上。电闪极白,接着是
一个比一个强的炸雷声,在左边右边,各处响着。房子微微震
动着。稍微有点疲倦,有点冷,有点原始的恐怖。我想起数千
年前人住在洞穴里,睡在洞中一隅听雷声轰响所引起的情绪。
同时也想起现代人在另外一种人为的巨雷响声中所引起的情
绪。我觉得很感动。……另外一个地方,有多少同样为父母所
疼爱的小孩子,为了某种原因,已不再会说话,有多少孩子,

再也无人来注意他！"① 可见，身在大后方的沈从文，内心却并不平静。战争的动乱、时事的变化让他深切地感受到了这声"人为的巨雷声"。因此，即便是再写湘西，他也不可能再拥有写《边城》时的悠然心境，而是怀着一种深深的痛苦。在动乱的时局面前，湘西的"牧歌"无法再独善其身地奏响，最后一片诗意的栖息地也已经败落，从这个角度来看，我们或许也能获得一个《长河》只写了一卷就中止的原因：沈从文或许也无法调和这种美好理想与残酷现实的巨大落差，湘西这个供奉人性的小庙不也被时代的疾风骤雨摧折了吗？

【我来品说】

> 1. 你怎么看待《长河》的碎片化写作方式？
>
> 2. 从《边城》到《长河》，你可以感受到沈从文的湘西书写有哪些变化？

---

① 沈从文.致张兆和：给沦陷在北平的妻子//沈从文全集：第18卷.太原：北岳文艺出版社，2002：316.

第六章

从『乡下』眺望『都市』

---------------- 导 读 ----------------

　　除了安宁静谧的"湘西世界"之外，沈从文还创造了一个完全不一样的"都市世界"。在这个世界里，有堕落虚伪的知识分子、奢靡的绅士太太、被现代文明异化的都市生活……值得注意的是，虽然沈从文对都市世界跟湘西世界的描写无论是题材还是文风都有巨大的差异，但这两个世界不是割裂的，沈从文始终是以"乡下人"的眼光审视着都市，也正是在这种立场的观照下，沈从文的都市创作体现出更加深刻的意义。

钱理群先生曾这样评价沈从文："仿佛有两套笔墨，能描绘出两种截然不同的现实。当他以'乡下人'的视角观察商业化都市的时候，便不禁露出讽刺的尖刺来。"沈从文一生辗转过多个城市。离开湘西后，沈从文去过北京、上海、武汉、青岛、昆明等地方，这给予了沈从文独特的都市体验。都市在沈从文的笔下，就像那"华丽却爬满了虱子的袍子"。他揭露了都市世相的自私势利和空虚庸俗，批判着都市文明的异化和泛滥，宣泄着自我在都市境遇中的苦闷与愤懑，形成了一种与湘西世界完全不同的"都市书写"。然而需要提醒的是，沈从文对都市的批判并不是反对现代都市和文明本身，而只是批判都市文明带来的一些负面问题。在现代化的进程下，都市的发展不免出现一些病相或病态，商业泛滥、人性异化、唯利是图、虚伪堕落，沈从文控诉的是现代化对中国传统道德、伦理等精神带来的冲击。

"乡下人"视角下的"都市世界"

1924年，像每一个初出茅庐的年轻人一样，沈从文怀抱着理想与抱负从湘西来到北京。然而，面对着陌生的现代都市，沈从文很快就感到了自己身为一个"乡下人"的格格不入：考燕京大学受挫，为了生活而写作，稿子投出去却又石沉大海。他不仅难以应付生存的压力，而且在精神上陷入了巨大的自卑、苦闷和孤独。这时的他"听各样市声，听算命的打小锣，听卖萝卜的喊叫，听汽车的喇叭，听隔院吹箫，不单没有一件事能使我爱听，且没有使我真感到不爱听的嫌恶。从声音上知道这世界上不拘在何处还是活的，独这脑，同这一颗心，打针以后似的痹麻着，感情瘫痪了"①。就像他在《棉鞋》中写的那样，"我"只因穿着一双破棉鞋而受到了图书馆管事先生、公园中各种游客、上司教育股长各色人等异样眼光的"轻蔑"；在《一个晚会》中，某高校为了欢迎年轻的文学作者而精心准

① 沈从文.老实人·自序//沈从文全集：第2卷.太原：北岳文艺出版社，2002：3.

备了一个热闹盛大的晚会，但组织晚会的学生们却因文学青年
的衣着褴褛而拒绝让其"现身"；在《老实人》中，两个女青
年因为"老实人"的才华而对其非常崇拜，但最后却因为他衣
着褴褛而退避三舍。在这些小说的主人公身上，多少都有些沈
从文自己的影子。沈从文把自己在都市的体验投射到了这些小
说里面，讽刺了都市以貌取人、势利庸俗的风气。

　　这种体验在1928年沈从文去有"东方巴黎"之称的上海之
后，变得更加强烈和复杂。对于这座最摩登、最具有现代性气
息的都市，沈从文的印象并不好，"地方大得很，码头上乱哄
哄的，黄浦江中满泊帝国主义者的大小炮舰，炮衣都已退尽，
炮口对着江岸。租界上全是外国人的势力。寄托在这种积有百
年帝国主义者恶势力下，还有无数的下野军阀，官僚，买办资
本家和大流氓，形成一个无恶不作的社会上层。弄堂房子里住
满了人，街上人来人往也乱哄哄的，北京那种'静'全看不到
了。到处都是钱在起作用"①。在这样的体验之下，沈从文撰写
了一系列批判都市的小说，《一个天才的通信》《呆官日记》
《不死日记》《绅士的太太》《或人的太太》《都市一妇人》
《大城中的小事情》《除夕》《大小阮》等都是这一时期的作
品。上层社会的丑恶嘴脸、都市的世态炎凉、人性的残损与萎

---

① 沈从文.我到上海后的工作和生活//沈从文全集：第27卷.太原：
北岳文艺出版社，2002：223.

缩，都在沈从文的笔下暴露得淋漓尽致。更难能可贵的是，沈从文对都市文明的批判超脱了一个外人的视角，他不是作为一个旁观者在发着牢骚，而是把这种批判指向了自己。在《龙朱·写在〈龙朱〉一文之前》中，沈从文对自己展开了反省："血管里流着你们民族健康的血液的我，二十七年的生命，有一半为都市生活所吞噬，中着在道德下所变成虚伪庸懦的大毒，所有值得称为高贵的性格，如像那热情、与勇敢、与诚实，早已完全消失殆尽，再也不配说是出自你们一族了。"[①]

在自卑中诞生反思，在观察中寻找出路，沈从文不是只停留在对现状的不满批判，更重要的是，正是这种都市体验激发了他一种向别处去寻找精神支柱的迫切愿望。在这样的情况下，一个生命与人性意义上的文化湘西被建构了出来，为他重新审视民族文化提供了新的思维向度。在《龙朱》《媚金·豹子·与那羊》《月下小景》《神巫之爱》《雨后》《采蕨》《柏子》《雨》等作品中，沈从文对自然景观的描摹与对健康人性的赞美，实际上都是一种以都市文化背景作为参照的怀乡书写，通过构建一种"优美、健康、自然而又不悖乎人性的人生形式"来供奉"人性"的"希腊小庙"，以挽救逐渐走向深渊的中国社会和堕落中的人性。

---

① 沈从文.龙朱·写在《龙朱》一文之前//沈从文全集：第5卷.太原：北岳文艺出版社，2002：323.

《八骏图》：知识分子的
"精神分析法"

1935年，沈从文写下了《八骏图》。这部作品是沈从文对知识分子群像的一次辛辣批判，也让沈从文拥有了对人的生存处境与文化身份认同的危机感的深刻认识。

所谓"八骏"，相传是周穆王的八匹出色的坐骑，沈从文借此为名，实际上是对八位教授进行了反讽。故事是通过达士先生的视角展开的，他出门到了青岛，遇到了其他七位教授，他们有的是哲学家，有的是生物学家，有的是史学家。这些教授虽然都拥有冠冕堂皇的身份，满口仁义道德，但是内心却极度扭曲，有的偷偷在海滩上窥探美女，有的喜欢读艳体诗，有的认为女人是古怪的生物。达士先生在每日写给远在两千里外的未婚妻的信中，痛斥了这些教授的怪状。但是讽刺的是，这位达士先生自己也有着严重的问题，来到青岛之后，他一面给未婚妻写信，一面写下自己的内心日记，在这份日记里记下的才是他内心不能为人所知的种种感想。这八位教授，个个都是"学者""专家""名流"，内心却极为古怪扭曲，没有一丝自然的活力与生命的元气。其实，在"教授"的名头之下，他们与湘西边地等处的乡民一样，也只是普通的人，有着身为"人"应有的爱与欲。但是，这些都市的智者却在"文明"的钳制下，变得虚伪、掩饰，不敢直面自己的本性。无形的绳索使这些文明的智者变得处处透露着伪善，患上了"都市病""知识病""文明病"，失去了生命的活力。在对他们进行批判的同时，沈从文也给出了让这些教授们"患病"的理由："应当由人类那个习惯负一点责。应当由那个拘束人类行为，不许向高尚纯洁发展，制止人类幻想，不许超越实际世界，一个有势力的名辞负点责。"[1] 这里所说的"名辞"其实就是沈从文在文中提到的"道德"，在这个文质彬彬的词背后，隐藏着对人性的束缚。人在各种教条、礼节的规范下，逐渐迷失本来的自我，由此也丧失了生命的活力。

在写法上，沈从文采取的方式也是很独特的。虽然全篇是对几个大学教授缺陷灵魂的解剖，但沈从文并没有采用非常尖刻的方法去书写，而更多采用了心理讽刺、象征隐喻等表现手法，让丑陋的人性自然而然地呈现在读者面前。比如说这位刚

---

[1] 沈从文.八骏图 // 沈从文全集：第8卷.太原：北岳文艺出版社，2002：222.

刚订婚就精神出轨的达士先生，沈从文写得很含蓄，没有直接露骨地描写，而是这样写道：达士在窗前写信，抬头就看到窗外草坪上走过一个黄衫女子，"恰恰镶嵌在全草坪最需要一点黄色的地方"[1]，一时心旌摇动，"达士先生于是把寄给未婚妻的第一个信，用下面几句话作了结束：学校离我住处不算远，估计只有一里路，上课时，还得上一个小小山头，通过一个长长的槐树夹道。山路上正开着野花，颜色黄澄澄的如金子。我欢喜那种不知名的黄花"[2]。这里的黄花和黄衫女子构成了一种呼应，悄悄地拨动着达士先生的心。并且在小说即将收尾的时候，黄衫女子又出现了，他临走前在海滩上看到她写下了这样的话："这个世界也有人不了解海，不知爱海。也有人了解海，不敢爱海。"[3]"海"在这里变成一个危险的信号，象征着诱惑、未知和刺激。在内心之"海"的召唤下，达士先生不再想归家，而是"想在海边多住三天"[4]，好挨着那对"眼睛"，接受一种未知的命运，找寻出轨的机会。沈从文通过慢慢地铺陈，一点点地展露了达士精神病态的缘由，在一种沉静的凝思

---

[1] 沈从文. 八骏图 // 沈从文全集：第8卷. 太原：北岳文艺出版社，2002：199.

[2] 同[1] 200.

[3] 同[1] 223.

[4] 同[1] 225.

中，直达人性的幽暗之处。

除了《八骏图》之外，沈从文还描述了各种类型的知识分子，比如《道德与智慧》中道貌盎然的教书先生，《崖下诗人》里附庸风雅、卖弄学识的绅士老爷，《一个晚会》中以貌取人的一群大学生，《平凡故事》中自以为是、玩弄感情的大学生，《旧梦》中胆小文弱又渴望爱情的"我"……沈从文塑造了一批知识分子的群像，向我们揭示的是知识分子迷茫彷徨、恍恍度日的虚无心境。沈从文在《一个天才的通信》中多次发出感慨："眼前一切的事都使我厌恶，却从不恶声对人对物加以申斥。"① "先生，你们是万想不到我如何羡慕那从起码一点做起的新人！我活下来没有一天对当前生活看出好意，没有一天不觉得我做错了人，应需要来一个相反的纠正。"② 都市生活的苦闷，对未来生活的迷茫，既是沈从文对知识分子的批判，也是其对自我灵魂的一种解剖。知识分子所经历的也是沈从文所经历的，其所思考的也是沈从文所思考的，其所痛苦的更是沈从文为之痛苦的。沈从文批判知识分子群体的时候，也把这种批判指向了自己，这就大大拓展了这类小说的深度。

---

① 沈从文 . 一个天才的通信 // 沈从文全集：第 4 卷 . 太原：北岳文艺出版社，2002：344-345.

② 同①364.

《绅士的太太》《大小阮》：
上流社会的饰与伪

同样是都市题材的小说，《八骏图》描写的是知识分子，《绅士的太太》瞄准的则是都市社会中几个上流阶层家庭，他们生活奢华，家庭表面一派温情脉脉，但实际上他们的全部生活无非打牌、串门、上馆子、下赌场、偷情乃至念经拜佛。尽管这些人表面上文质彬彬、知书达理，但实际上他们却互相敷衍和欺骗，言行中充满虚情假意，人与人之间处处是一种算计和利用的关系。有意思的是，在《绅士的太太》里，几乎每个人都没有名字，沈从文只以绅士、绅士太太、姨太太、大小姐、大少爷这样的身份代称来完成叙事。这说明沈从文有意识建构的是一个具有等级秩序的社会。在绅士家中，绅士及其太太属于上层，在其之下还有"三河县"的娘姨，再下来就是"车夫，门房，厨子，做针线的，抹窗子扫地的，一共十一个下人"①。在此形成了绅士及其正妻、姨太太、下人三个等级次序。这与沈从文《边城》中塑造的人人处在一个平等的地位的世外桃源已经完全不同。

1937年发表的《大小阮》则更写到了绅士层的分化。开头便说到，世界成天在变，袁世凯、张勋、吴佩孚、张作霖，轮流占据北京城，在这个动荡的历史背景下，故事开始了。大阮和小阮，一个是叔叔，一个是侄儿。叔侄二人虽然有很多相似的地方，但是因为性格和选择的不同，走上了完全不同的人生道路。我们不妨先来看一看沈从文对大阮、小阮的描写：

> 大阮小阮两人在辈分上是叔侄，在年龄上像弟兄，在生活上是朋友，在思想上又似乎是仇敌。但若仅仅就性情言来呢，倒是"差不多"。都相当聪明，会用钱。对家中长辈差不多一致反对，对附于旧家庭的制度的责任和义务差不多一致逃避，对新事物差不多同样一致倾心，对善卖弄的年青女人差不多一致容易上当。在学校里读书呢，异途同归，由于某种性情的相同，差不多都给人得到一个荒唐胡闹的印象，所

---

① 沈从文.绅士的太太//沈从文全集：第6卷.太原：北岳文艺出版社，2002：215.

不同处只是荒唐胡闹各有方式罢了。①

大阮拘谨自私，追求安稳享受的生活；小阮性情冲动，是个机会主义者。二者在新文化运动的感召下，进了一所新式学校学习，都生出了脱离一切制度习惯的幻想。侄儿小阮去到军校投身轰轰烈烈的国民革命，虽热情满满，但做事情不计后果的冲动让他终究未能成事，参加工人运动被捕，死于牢狱之中。大阮一面读书，一面做了一家晚报评戏讲风月的编辑，拿着自己侄儿为革命募来的钱创办了杂志，慢慢混成了一个"小名人"。要成家时，他选择了一个南京政府三等要人的女儿，依仗着自己的岳父的身份还当上了母校的训育主任，颇有几分官样子，成为"社会的中坚"。但也正是他这类人，泯灭了天良，丧失了做人的起码道德。在小说的结尾，沈从文这样写道："大阮从不再在亲友面前说小阮的胡涂，却用行为证明了自己的思想信仰是另外一路。他还相信他其所以各事遂意，就为的是他对人生对社会有他的正确信仰。他信仰的是什么，没有人询问他，他自己也不大追究个明白。"② 沈从文以一个旁观者的角度缓缓地叙述着两种不同的人生：小阮投身革命，这是好的，但是他的莽撞和急功近利

---

① 沈从文.大小阮//沈从文全集：第8卷.太原：北岳文艺出版社，2002：394.

② 同①406.

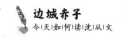

反过来也消解了革命本身的意义；大阮貌似活得很幸福，但这种自以为是之下却隐藏着一种无意识的悲哀，使他成为一个对社会有害无益的庸人。

一些研究者认为，如果把沈从文的小说世界分为湘西世界和都市世界的话，那么无论是艺术高度还是思想价值，都市世界都不能与湘西世界媲美。这样的说法有一定的道理。沈从文的"根"在湘西，他真正熟悉和热爱的都在湘西那片土地上，那里的山与水、山里的人与码头的水手，对他来说不仅是创作的素材，更是生命中难以忘怀的情结。而对于都市来说，沈从文更像是一个外来者和体验者，他从来没有与都市中的各色人等形成一种共鸣。因此，相比于湘西世界的丰盈，他的都市创作稍微显得单薄了一些。但是，没有都市世界的刺激，没有现代文明的启发，沈从文也不可能发掘出湘西世界的美，这本身就是一体两面：湘西独特的历史和风土人情陶冶着他，都市生活的体验刺激着他。正因为如此，才造就了沈从文最终在现代文学史上独树一帜的风格。

【我来品说】

1. 你怎么理解沈从文都市写作和湘西写作之间的关系？

2. 你有过跟沈从文相似的都市体验吗？谈谈你的体会。

第七章 沈从文为什么被称为『文体作家』？

导读

沈从文尝试过多种文体的写作，如自传体、话本体、寓言体、传奇体、游历体、故事体、童话体、变文体、神话体等。多变的文体，多元的风格，让沈从文有了"文体作家"的头衔。而沈从文也曾经把自己的写作称为"情绪的体操"。什么是"情绪的体操"呢？沈从文在文体上的探索是有意而为之，还是无心插柳？让我们进入这一章，一起感受沈从文如魔法师般多变的写作。

汪曾祺曾经这样说道，"写小说就是写语言"①。我们历史上伟大的文学作品也印证了这一点：如果没有精巧的叙事策略，《三国演义》就会少了几分悬念的精彩；如果没有精妙的伏笔设计，《红楼梦》就会少了几分宿命感的悲怆；如果没有精彩的语言特色，《水浒传》的英雄豪杰就会少了几分风韵神采；如果没有恰到好处的讽刺笔法，《儒林外史》就会少了几分力透纸背的犀利。由此看来，对于一位作家来说，写什么固然重要，怎么写也很重要。有着"文体作家"头衔的沈从文，就是在这方面做出了自己突出的贡献。他不断通过文学实验创造了文体的自由，也开拓出不同的文学形式。但事实上，"文体作家"这个称号一开始并不是褒义的。1934年，沈从文刚刚在文坛声名鹊起的时候，苏雪林曾这样评论沈从文："有人说沈从文是一个'文体作家'（Stylist），他的义务是向

① 汪曾祺. 中国作家的语言意识 // 汪曾祺全集：第9卷. 北京：人民文学出版社，2021：435.

读者贡献新奇优美的文字，内容则不必负责。不知文字可以荒唐无稽，神话童话和古代传说正以此见长——而不可以无意义。《月下小景》这本书无意义的例子我可以举出几个来。"① 在这番话里，我们不难发现，以"文体作家"来冠称沈从文，在当时的人们看来，似乎并不是出于褒奖，而更像是在批判沈从文过于注重文体形式而忽视了内容表达。这种情况到了20世纪80年代的"重写文学史"浪潮发生了改变，随着各位学者对沈从文作品的重新解读和评价，"文体作家"这一称号的内涵也发生了变化："沈从文早年获得'文体作家'的戏称，包含着时人对这位'乡下人'的贬抑。实际上他灵活穿梭于各种文体，并且创造性地进行了文体间的融合，可以说是一位真正意义上的'文体家'。"② 从这些评价中，我们不难看

① 苏雪林.沈从文论.文学（上海1933），1934，3（3）.

② 罗振亚，李锡龙.现代中国文学.天津：南开大学出版社，2009：205.

出研究者们对沈从文"文体作家"的强调，更多是从正面肯定他在创作手法和写作形式上的创新和探索。

重写文学史

"重写文学史"是20世纪80年代现代文学研究界的重要学术主张和文化现象，由陈思和、王晓明等学者发起。他们希望能通过"重新研究、评估中国新文学重要作家、作品和文学思潮、现象"，"刺激文学批评气氛的活跃，冲击那些似乎已成定论的文学史结论，并且在这个过程中激起人们重新思考昨天的兴趣和热情"[1]。该学术主张一经推出就引起了强烈反响，一时间对沈从文、钱锺书等之前因远离政治而遭到冷落的作家的再发掘和再研究成为学术界普遍关注的话题。

---

[1] 陈思和，王晓明.主持人的话.上海文论，1988（4）.

文学应该是"情绪的体操"

对于文章应该怎么写，沈从文曾经在《情绪的体操》中袒露自己的"秘诀"："我文章并无何等哲学，不过是一堆习作，一种'情绪的体操'罢了。是的，这是一种体操，属于精神或情感那方面的。一种使情感'凝聚成为渊潭，平铺成为湖泊'的体操。一种'扭曲文字试验它的韧性，重摔文字试验它的硬性'的体操。"[①] 什么是"情绪的体操"呢？如果我们把这句话理解为一位作家运用情感构思、想象的过程，那么这个过程的主体为什么是"情绪"，而不是"情节"、不是"叙事"？用"体操"来形容这个过程，又代表了沈从文什么样的创作原则和审美观念？

首先，以"情绪"为主体一直都是沈从文文意表达、结构安排、造句写意的重要方式。沈从文的很多小说不是以情节取胜，更多是一种情绪的弥漫和氛围感的营造，文字的背后常常

----

① 沈从文.情绪的体操 // 沈从文全集：第17卷.太原：北岳文艺出版社，2002：216.

有一种说不清道不明的情绪流，就像沈从文自己所说的那样，
"故事在写实中依旧浸透一种抒情幻想成分"①。

【经典品读】

沈从文的情绪流创作

黑夜占领了全个河面时，还可以看到木筏上的火光，
吊脚楼窗口的灯光，以及上岸下船在河岸大石间飘忽动人
的火炬红光。这时节岸上船上皆有人说话，吊脚楼上且有
妇人在黯淡的灯光下唱小曲的声音，每次唱完一支小曲
时，就有人笑嚷。什么人家吊脚楼下有匹小羊叫，固执而
且柔和的声音，使人听来觉得忧郁，……此后固执而又柔
和的声音，将在我耳边永远不会消失。我觉得忧郁起来
了。我仿佛触着了这世界上一点东西。看明白了这世界上
一点东西，心里软和得很。

——《鸭窠围的夜》

但到了秋天，一切皆在成熟，悬在树上的果子落了
地，谷米上了仓，秋鸡伏了卵，大自然为点缀了这大地一

---

① 沈从文.《沈从文小说选集》题记 // 沈从文全集：第16卷.太原：
北岳文艺出版社，2002：375.

年来的忙碌，还在天空中涂抹华丽的色泽，使溪涧澄清，空气温暖而香甜，且装饰了遍地的黄花，以及在草木枝叶间傅上与云霞同样的炫目颜色……秋成熟了一切，也成熟了两个年青人的爱情。

——《月下小景》

上述两段文字，都体现了沈从文情绪流的创作风格。《湘行散记》中的这个片段，达成了情绪与客观景观的有机融合：黑夜之下，吊脚楼边，忽明忽暗的灯光以及柔和的夜色，这既是一幅如梦如幻的美景图，也暗涌着一种深沉忧郁的氛围感。《月下小景》中的这个片段则调动了各种视觉空间，通过果子、谷米、秋鸡、溪涧、黄花、云霞等物象，通过对色彩、味道、触觉等的描写，绘制出一幅悠长宁静的画卷，建构了一个多重审美的效应场。在这样的诗性空间里，"两个年青人的爱情"也变得鲜活起来。沈从文通过极富抒情性的语言和极有感染力的氛围描摹，让自然景物披上一层文化的内涵，幻化为湘西独有的悲怆心理氛围，大大地拓展了小说的审美空间感。

其次，"情绪的体操"，不只是关注"情绪"，也不只是对审美氛围的营造，更重要的是情绪如何表现，即"体操"。为什么不是情绪的宣泄、情绪的放纵，而是用"体操"这样一个词来限制情绪呢？这里涉及的是沈从文另一个审美特点，就是"节制"。托尔斯泰曾经说过，要像写鲜花那样去写死刑。死刑是冷酷的、压抑的，如果再用沉闷、恐怖的手法去描写死刑，就会让读者感到不适；相反，如果采用与题材对立的艺术形式，用一直相对节制、冷静、理性的手法实现对题材的改造、转化，甚至是超越，那么反而会有更好的效果。就像沈从文所说的那样："你得学控驭感情，才能够运用感情。你必需静，凝眸先看明白了你自己。你能够冷方会热。"①

沈从文的小说就是这样，我们发现沈从文的小说题材常常也是沉重的——杀头、死亡、穷困等，但是他并不会把笔墨集中于杀头的细节、流血的场景，而是留下一连串的空白，让读者自己去想象。再浓烈的情感、再悲伤的故事，最后都会消解在"出走"或者"等待"的结尾里。在《边城》里，他知道怎么用"冷"的方式来对"热"的情感进行控制。在《长河》里，他也知道长河边人与事"常"与"变"的变幻搭配……在这种对立之间达成一种审美的平衡，是沈从文审美自律的自觉追求，这在很大程度上也代表了京派"节制、理性、集中、纪律"的文学理念和审美要求，我们在朱光潜、废名等人的创作中都能感受到这一共同的趋向。

---

① 沈从文.情绪的体操 // 沈从文全集：第 17 卷.太原：北岳文艺出版社，2002：217.

最后，我们也不能把沈从文所说的"情绪的体操"仅仅理解为一种创作的手法，从根本上讲，它还是一种思想上的锤炼。文字怎么表达，结构如何展开，语序如何排列，其实关涉的也是作者的思想。形式的节制，也是对思想的精简表达，就像沈从文所说的那样："学习一点'情绪的体操'，让它把你十年来所读的书消化消化，把你十年来所见的人事也消化消化。……到你能随意调用字典上的文字，自由创作一切哀乐故事时，你的作品就美了，深了，而且文字也有热有光了。"[1]也就是说，文体其实来自对"内容"的把握，是作家有意识地发展这内容所包含的形式基因的结果。特别是沈从文这样的作家，在一次次文体的变化中，依然能够清楚地传达出叙述者的主观感情，依然能够暗示出小说人物说不清道不明的命运，这绝不仅仅是形式上的成功，更是作家思想上的运筹帷幄。

---

[1] 沈从文.情绪的体操//沈从文全集：第17卷.太原：北岳文艺出版社，2002：218.

"习作的意识"与"魔术师手法"

有的人或许会说，沈从文作品中呈现的诗性在很大程度上源于湘西世界浑然天成的神秘。这种说法其实大大地低估了沈从文在写作上付出的心血和精力。在写作上，虽然沈从文天生具有文学家的敏感，但他的作品能够呈现出如此复杂的意蕴，尤其是在文体上不断地创新和变化，更多还是来自他大量的"练习"。沈从文刚迈入文坛的时候，没有写作经验，也没有知识背景，更谈不上资历和人脉资源，"事实上当时还连标点符号也不大会运用，又不懂什么白话文法"，但相信"凡事通过时间都必然会改变"，"从不在一个作品的得失成败上斤斤计较，永远追求做更多方面的试验"，"每一作品完成，必是一稿写过五六次以后"①。无论是写作态度还是写作实践，沈从文都是非常"诚恳"的，始终抱着"学习"的心态，用一种"习作的意识"来锻炼自己，不断获得写作的勇气和信心。

---

① 沈从文.我怎么就写起小说来//沈从文全集：第12卷.太原：北岳文艺出版社，2002：418，420.

1929年，经徐志摩引荐，时任上海中国公学校长的胡适聘用沈从文，为大学一年级学生开设新文学选修课和小说习作课。从此以后，沈从文就先后在暨南大学、武汉大学、青岛大学、西南联大、北京大学等高等学府从事教学工作。为了适应大学教学的需要，他将自己的创作经验进行了总结整理，通过自己的"习作"，向学生说明、分析写作的理论和方法。比如说《腐烂》是"为学生习作举例写成的"，"说明不必要故事，不必用对白，不必有首尾和什么高潮，还是可完成一个短篇"①的写作道理。《八骏图》也是"为示范而作的，正讨

沈从文在青岛大学

论设计，一个短篇宜于如何来设计，将眼下事真真假假综合，即可以保留一印象动人而又真且美"②的写作目标。

为了探索更好的表现形式，沈从文还有针对同一题目再

① 沈从文.《题〈八骏图〉自存本》之"题于《腐烂》文末"//沈从文全集：第14卷.太原：北岳文艺出版社，2002：464.

② 沈从文.《题〈八骏图〉自存本》之"题于《八骏图》文后"//沈从文全集：第14卷.太原：北岳文艺出版社，2002：462.

创作的习惯，形成了在同一个小说标题或者主题下有多个版本的"复本"现象。他曾两次以"夜渔"为题创作小说。第一篇《夜渔》发表于1925年，故事很简单，完全是乡民日常生活片段的速写，小说显得头重脚轻，"夜渔"的中心事件基本没有展开，语言也显累赘和笨拙，大多是对日常生活平铺直叙的描写：

> 在一天夜饭桌上，坐着他四叔两口子，五叔两口子，姨婆，碧霞姑妈同小娥姑妈；以及他爹爹；他在姨婆与五婶之间坐着，穿着件紫色纺绸汗衫。中年妇人的姨婆，时时停了她的筷子，为他扇背。茂儿小小的圆背膊已有了两团湿痕。①

1931年，沈从文又写了一篇《夜渔》，相较于之前的那个版本，这篇小说情节丰富了许多，在"夜渔"的故事中加入了昔日部族互斗、和尚的家族旧事等情节，将民族历史和爱情风俗等融会在一起，借"夜渔"这个事件，引出对民族命运的思虑。小说的叙述也充满悬念，一开始写兄弟到上游去放药，下游的人等兄弟放药后的信号，接下来却转到兄弟夜访寺庙，但

---

① 沈从文.夜渔//沈从文全集：第1卷.太原：北岳文艺出版社，2002：78.

情节环环相扣，疏散却无凌乱之感，做到了收放自如。

除了对主题的重新翻写，沈从文对相似题材和细节的书写也有意地保持了差异性。

【经典品读】

《边城》中的"划龙舟"描写

船只的形式，与平常木船大不相同，形体一律又长又狭，两头高高翘起，船身绘着朱红颜色长线，……每只船可坐十二个到十八个桨手，一个带头的，一个鼓手，一个锣手。桨手每人持一支短桨，随了鼓声缓促为节拍，把船向前划去。带头的坐在船头上，头上缠裹着红布包头，手上拿两枝小令旗，左右挥动，指挥船只的进退。擂鼓打锣的，多坐在船只的中部，船一划动便即刻蓬蓬铛铛把锣鼓很单纯的敲打起来，为划桨水手调理下桨节拍。

《箱子岩》中对"龙舟"的描写

箱子岩洞窟中最美丽的三只龙船，皆被乡下人拖出浮在水面上。船只狭而长，船舷描绘有朱红线条，全船坐满了青年桡手，头腰各缠红布，鼓声起处，船便如一枝没羽箭，在平静无波的长潭中来去如飞。

同样是写"龙舟"，《边城》更加重视的是现场感，让读者仿佛身在其中，句子有长有短，形式自由灵活，欢快的节奏感渲染出一派节日欢腾的景象；《箱子岩》则侧重一种画面感，客观的白描生动地勾勒出了龙舟扬长而去的画面。

在塑造人物上，沈从文更是做到了千人千面，通过形象的勾勒、语言的描写很快就能抓住一个人物的"神"，达到惟妙惟肖、活灵活现的艺术效果。他写小孩："黑头发，黑眉毛，黑眼睛，脸庞红红的，嘴唇也红红的。走路时欢喜跳跃，无事时常把手指头含在口里。"① 几个神态、几个动作就把一个孩子的天真娇憨刻画了出来。他写底层的农夫、水手，在遣词造句上又会呈现出另一种完全不同的风格。一个"渔人"在欣赏自然风光时说出的话是："这野杂种的景致，简直是画！""看，牯子老弟你看，这点山头，这点树，那一片林梢，那一抹轻雾，真只有王麓台那野狗干的画得出！"② 这些语言粗俗不堪却又切实准确，几句话就传神地刻画出这个人放荡豪爽的独特个性。"这些人说话照例永远得使用个粗野字眼儿，也正同我们使用标点符号一样，倘若忘了加上去，意思也就很容易模糊不

---

① 沈从文 . 白日 // 沈从文全集：第7卷 . 太原：北岳文艺出版社，2002：402.

② 沈从文 . 一个戴水獭皮帽子的朋友 // 沈从文全集：第11卷 . 太原：北岳文艺出版社，2002：226.

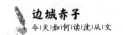
清楚了。"① 沈从文对语言的驾驭与对氛围的烘托都极具功底，这既来源于他的生活经验，也来源于他始终把写作当成练习的真诚与勤奋。

---

① 沈从文.辰河小船上的水手//沈从文全集：第11卷.太原：北岳文艺出版社，2002：270.

采取一切形式，
故而能打破一切形式

　　老舍在《文学概论讲义》中说道："什么是小说的形式，永不能有圆满的回答；小说有形式，而且形式是极自由的，是较好的看法。小说的形式是自由的，它差不多可以取一切文艺的形式来运用：传记，日记，笔记，忏悔录，游记，通信，报告，什么也可以。它在内容上也是如此；它在情态上，可以浪漫，写实，神秘；它在材料上，可以叙述一切生命与自然中的事物。它可以叙述一件极小的事，也可以陈说许多重要的事；它可描写多少人的遭遇，也可以只说一个心象的境界。它能采取一切形式，因而它打破了一切形式。"[①] 正如老舍所说的那样，沈从文湘西世界小说"能采取一切形式"，故而能"打破了一切形式"，这正是沈从文"湘西文学世界"独具魅力之处。

────────────

　　① 老舍.文学概论讲义.上海：复旦大学出版社，2004：151.

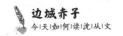
老舍（1899年2月3日—1966年8月24日），原名舒庆春，字舍予，中国现代小说家、作家、语言大师、人民艺术家、北京人艺编剧，新中国第一位获得"人民艺术家"称号的作家。代表作有小说《骆驼祥子》《四世同堂》，剧本《茶馆》《龙须沟》。

沈从文的小说并不是传统的，他十分重视自己在文学上的"创造"，这让他的作品无论是在思想内涵上还是在艺术风格上都呈现出独树一帜的特点。在思想上，沈从文受到了五四的启蒙与感召，但是他的创作与五四的乡土小说又完全不同；他既不是"为人生而艺术"派的成员，也不赞同"为艺术而艺术"的理论，更不是"革命派"。在阶级矛盾与阶级斗争日益加深的20世纪30年代，沈从文不写主流题材，反而把笔触伸向了遥远宁静的边地。他十分看重文学的审美功能，同样也看重文学反映人生和社会问题的一面。他也关注革命，但是他在《菜园》中对革命的书写，不是直接书写革命的激情和刀光剑影，而是流露对世事无常、生命消逝的沉痛态度。沈从文始终在用自己的方式对中国的社会问题、民族的命运做深刻的思考。在艺术手法上，沈从文的"匠心""巧思"体现为一种

"忠于事"和"忠于自己"的诚实：既从现实出发，也要听取内心的声音，在创作中始终保有"我"的主体性。"一切优秀成就一切崭新风格都包含了作家全生命人格的复杂综合，彼此均不相同。"[1] 每个作家人生体验不同，决定了其创作的视角和方法是各有差异的。所以，即便是同一种题材，沈从文也有"沈从文式"的写法。《萧萧》写的是童养媳，但沈从文的侧重点不是揭示这种封建陋习，而是表达对生命循环的忧思与困惑。《丈夫》虽然是写底层民众苦难的生活，但是沈从文并不像同期的作家一样把落脚点放在对社会权力的批判上，而更多的是对生活的理解与无奈、对生命和人性的悲悯。《贵生》这部小说从头到尾都流露出一种"不走寻常路"的意味：农民贵生和地主五爷，不仅不是对立的关系，反而感情还很好，"五老爷送他一件衣服，一条裤子，或半斤盐，他心中不安，必在另外一时带点东西去补偿"[2]。小说最激烈的矛盾冲突发生在五老爷要娶走贵生的恋人金凤。贵生因为金凤命里带克，犹豫再三、反复考虑，迟迟不去提亲，最后当他终于决定去提亲的时候，金凤已经准备嫁给五老爷了。这是一个典型的地主压迫

---

[1] 沈从文.论特写//沈从文全集：第16卷.太原：北岳文艺出版社，2002：509.

[2] 沈从文.贵生//沈从文全集：第8卷.太原：北岳文艺出版社，2002：366.

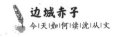
农民的左翼故事框架，但是沈从文却另辟蹊径，没有把冲突放在地主阶级与农民阶级的对立上，而是归结于贵生自己性格的懦弱和命运的捉弄。沈从文的创作不迎合甚至不符合主流的要求，这也让他慢慢被时代放逐，后半生转而去研究古代文物。直到20世纪80年代文化热重新兴起，沈从文才慢慢回到了人们的视野里。沈从文的作品既关注现实，又对人性的灵魂进行了根本的叩问，这让他的作品可以穿越时空，在几十年后重新焕发活力，获得大批读者。

【我来品说】

> 1. 你认为沈从文小说在文体上最大的特点是什么？
>
> 2. 还有哪些作家在文体上呈现出多变的特点，你能举出例子吗？

图书在版编目（CIP）数据

边城赤子：今天如何读沈从文 / 张悦，庄敏著. --
北京：中国人民大学出版社，2023.10
（今天如何读经典 / 刘勇，李春雨主编）
ISBN 978-7-300-31821-9

Ⅰ. ①边… Ⅱ. ①张…②庄… Ⅲ. ①沈从文
（1902—1988）-文学研究 Ⅳ. ①I206.6

中国国家版本馆CIP数据核字（2023）第110101号

今天如何读经典

刘　勇　李春雨　主编

边城赤子：今天如何读沈从文

张　悦　庄　敏　著

Biancheng Chizi: Jintian Ruhe Du Shen Congwen

出版发行	中国人民大学出版社	
社　　址	北京中关村大街31号	**邮政编码**　100080
电　　话	010-62511242（总编室）	010-62511770（质管部）
	010-82501766（邮购部）	010-62514148（门市部）
	010-62515195（发行公司）	010-62515275（盗版举报）
网　　址	http://www.crup.com.cn	
经　　销	新华书店	
印　　刷	北京宏伟双华印刷有限公司	
开　　本	890mm×1240mm　1/32	**版　　次**　2023年10月第1版
印　　张	5.625插页1	**印　　次**　2023年10月第1次印刷
字　　数	99 000	**定　　价**　36.00元